心生繁花

陈宝全 著

XINSHENG
FANHUA

敦煌文艺出版社

图书在版编目（CIP）数据

心生繁花 / 陈宝全著. -- 兰州：敦煌文艺出版社，2020.8(2022.1重印)
　ISBN 978-7-5468-1950-1

Ⅰ.①心… Ⅱ.①陈… Ⅲ.①诗集-中国-当代 Ⅳ.①I227

中国版本图书馆CIP数据核字（2020）第156798号

心生繁花
陈宝全 著

责任编辑：李　佳
封面设计：孟孜铭　司　光

敦煌文艺出版社出版、发行
地　址：(730030)曹家巷1号新闻出版大厦
邮　箱：dunhuangwenyi1958@163.com
0931-8152198(编辑部)
0931-8773112　0931-8120135(发行部)

三河市嵩川印刷有限公司印刷
开本 880毫米×1230毫米　1/32　印张 9　插页 2　字数 100千
2020年9月第1版　2022年1月第2次印刷
印数：1 501~3 500册

ISBN 978-7-5468-1950-1
定价：50.00元

如发现印装质量问题，影响阅读，请与出版社联系调换。
本书所有内容经作者同意授权，并许可使用。
未经同意，不得以任何形式复制。

为自己许下一次日出
——读陈宝全诗集《心生繁花》

阳 飏

读宝全的诗集《心生繁花》,我想尝试着用两个词概况一下:生活的温度,生命的疼痛。而且,我还不无感慨地意识到,当诗人的温度和疼痛一并袭来的时候,那正是他呈现给读者的特殊的诗意。

诗人在诗集开篇的第一首《和植物对话》中宣称:"喜欢上这些花花草草/是后半生的事//现在,我有足够的耐心/和它们谈论阳光、雨水…………我所热爱的/必将惊心动魄/爱,也将成为一种/祭祀灵魂的仪式"——一个人的生活与生命归纳为一个字:爱,我们不禁要问,一种什么样的爱才配得上诗人的"惊心动魄"?

想想,我和宝全的相识除了诗歌,是不是还和苹果有关?为什么这样说,因为宝全所生活的静宁,其境内大面积的苹果这几年几乎成了静宁的代名词。我多次来静宁,摘苹果的时候去过,苹果开花的时候去过,基本都是参加当地的各种与苹果相关的文学活动。由此，我愿意先读一首《苹果的微笑》："让一颗北纬35度的苹果／在李家山的山坡上，交出了微笑"——苹果，是这块土地的微笑和甜；碎陶残瓦，是这块土地的历史。可历史从来不是微笑和甜的，微笑和甜，或许只是时间的片断。

你看，这个季节的风正刮着落光了叶子的苹果树，像是要把甜从枝杈里刮出来一样。而那手持剪刀修枝的老农——是宝全的父亲吗？多像一位删繁就简的历史撰写者，给遍地枯叶陡然增加了几分严肃和意义。

如果说历史是拒绝比喻的，这位老农仅仅是为了生活而劳动，一双满是冻伤和裂痕的大手，让我的比喻显得虚伪和离题。

那么，我们继续读一首《月光围困了村庄》："死去的人提着红灯笼／从苹果树上走下来／拐进麦场，几个草垛／像当年失散的英雄重聚故乡……"

静宁这片土地，总是让人不禁感叹：左青龙，右白虎，中间流淌着葫芦河，有人逆水回到上游，有人顺水去了下游。伏羲把河水中的落日演绎成八卦，骑马疾驰背影模糊的纪信，射石为虎的李广，石头老虎若是吼一声，再吼一声，就会诱发一次小小的地震，还有歃血盟誓的隗嚣，西凉为王的李暠……隔着落日八卦，隔着那么多的朝代，让我们看见。

当然，所谓的英雄，也有可能就是一些普普通通曾经和诗人一起在这块土地上生活的人，一些曾经有过大大小小英雄梦想的人："一根青草是谁的骨头／一片叶子是谁传的口信／多年后，我在麦穗上／看见了他们／李银河、李作福、李德元……／／陈银鱼和胡娄花挨得最近／看着看着，他们像活了过来"《一个村庄的平衡术》

在另一首《高盛文的旷野》中，诗人写道："那个叫高盛文的人已归入土地/他比秋天走得更早一些/如果他上了天堂/会不会像云，把雨水洒向人间/如果他回了花沟/会不会像炊烟一样，把手伸向人间/看见旋风了吗？/是风找不到你宽大的背一时着急//他这一生有好多事是愧对的/比如，旷野里的月光"——是的：

春天来了，他们像翻了个身
把头顶的草抬高了一尺

《人间四月》

其实，我还愿意把下面这首《草木魂》所表述的各类植物及庄稼，都谓之为大地上的英雄：

迎春、海棠、玉簪
丁香……不是花
冰草、狗尾草、慈姑草
菖蒲……不是草
杨树、柳树、榆树
杏树……不是树
小麦、玉米、高粱
大豆……不是庄稼

它们是这个村庄
曾经死去的人

每年春天,破土而出
用叶片、花朵和果实
表达着对人世的无限眷恋

风吹落叶。
诗人在落叶后面亦写下了他的《幸福的一天》:

这一天,我在掰玉米棒
金黄色的光芒落了一地
这一天,我在果园里
听见苹果用体内的糖分歌唱
这一天,我在羊圈
羔羊像几朵白云酣睡
这一天,我在看书
每个字都有鸟雀的心跳
……

美好的事物都在这一天来临
净手退尘,出城远望
我看见天蓝得像海
两棵树肩并肩走向山顶

诗人还在一首《野花》的诗中写道:"这个春天,我回头看时 / 它们赶在集体上山的路上 / 遇见风,点了点头"——仿佛老朋友聊天一样的质朴、自然;在另一首《向日葵》的诗中,诗人则写道："上帝指给她／一条充满阳光的路，由东至西／她虔诚地走上了朝圣的路／并学会了向大地低头"——生活与生命有时候以反方向俯身向下的姿势完成了又一次精神的上升与飞行。

对于生活和生命，诗人有着自己的解释，尤其是对于生命的死亡，诗人的疼痛亦是《春天的疼痛》：

不去登高，不去望远
高处，只适合于挥手告别
和转身。他指着一条路说：
——瞧，那是我年轻的时候

眼下，春色高过膝盖
微风折枝舞剑，虫子张大口
等着空山新雨，我也愿意
坐下来，为自己栽上两垄青菜

这个春天，也有好多人回不来了
吃不到青菜了。比如：海子

在另一首《奔命》的诗中，诗人写道："他忙着长胡子，忙着白头／弯着腰走路。天塌下来也不回头／／如果他要看天，就得平躺着／像死了一样／／我的隐痛是：在他死之前／没有办法让他直起腰来"——这种疼痛不是号啕痛哭，而是春天的绿色那样，一点一点漫过来的"隐痛"。貌似轻描淡写的语言表述，读起来却是更加的撕心裂肺。

生命的残酷，生活的无奈，在诗人笔下纠结成了一种清醒的孤独："兄弟，我像一个卖完了货的货郎／一前一后挑着清风和微雨／生活遭遇了无数次叙述／你还是跑龙套的角／别看我背插霸王旗，那也是假唱……"（《我在孤独的时候想起你们》）

再看这首《等着》：

天空等着倒塌，大地等着凹陷
一草一木等着枯萎

敞开的门渴望被一双手掩上
一摊死水渴望决堤
一条河流渴望流回原处
罪恶的脚印渴望被大雪覆盖

小鸡等着老鹰的爪子，猪等着过年的刀
一圈羊等着春天，也等着疼疼的鞭子

三十岁的男人，等着纸糊的婚姻
他会厌倦，我痛恨过的生活
不谙世事的孩子，等着未知的远方
像黎明，等着雄鸡打鸣

我想起这样几句话：一个热爱尘世生活的诗人，大自然就是天堂，现实生活是诗歌永远不会枯竭的源泉，我们栖居在这个不完美的大地与世界之上，其生存的意义在于自己以语言、诗歌和生活展开对于存在与命运的对话，从而诗意地栖居于这个充满了美丽与光明，又到处是悲哀与苦难的世界之上。

　　宝全诗歌中的遣词造句及表达方式，传达给读者的无疑是一种个性化的想象和感受："肩扛落日进门的父亲"、"有人错把落日当马灯挂在高杆上"——可谓大气魄的形象；"雪来了，一朵跟着一朵/前赴后继，像一场绝望的爱"——以及"一些树叶在街上翻飞/像一群放学的孩子，一哄而散"——还有："一个原本安静的村庄/在露水里晃了一下"——"天边的北斗七星/像几个打坐说话的人/他们说到了死亡、生命的秩序/声音很轻，怕吵醒了风，破门而入"——诗歌的语言一定要跳跃甚至飞翔起来，诗歌是语言的艺术，想象得好，还要有相应的语言把它呈现出来。可以说，一首诗里的好句子，就是这首诗的房间大白天也亮着的灯，以其渗透的光芒扩大了整首诗的面积。

　　诗歌对于我们的意义，就在于让想象和心灵飞翔的同时，还能够激活并唤醒我们缺失的记忆。

　　抄录宝全一首诗中的几句，作为祝愿，也为我这篇所谓的评论作结：

> 去过了万年寺，每一个下山的人
> 像被佛祖点燃的灯盏
> 回头，我也偷偷为自己许下
> 一次日出

2019年11月20日于成都

目 录

2012 年

和植物对话 / 3

野花 / 4

葡萄树 / 6

向日葵 / 7

冰草 / 9

仙人掌 / 11

小麦 / 13

牵牛花 / 15

麻子 / 17

高粱 / 18

蒲公英 / 20

山丹花 / 22

咬人草 / 24

雪来了 / 26

顺从 / 27

2013 年

1994 年的月亮 / 31

阿阳路札记 / 32

晨雾 / 34

我想坐在一叶小舟上荡漾 / 36

走上断桥 / 37

园林 / 38

秦淮辞 / 39

从来没有一个春天是恶劣的 / 41

回乡路 / 42

河边 / 43

寂静的下午 / 44

旧景 / 45

母亲坐在春天里 / 47

歧途 / 49

街心 / 51

听到了琴声 / 52

在风口舞蹈 / 53

2014 年

不要打扰那个叫刘建民的人 / 57

熄灭灯，我还能看见你 / 58

城中村的黄昏 / 61

对妻帖 / 63

多好的眼前 / 64

沉浮 / 66

水井的记忆 / 67

喝葡萄酒的下午 / 69

世界安好 / 70

街道漫步 / 72

她还坐在槐树下 / 74

今天，星期一 / 75

金山长城 / 76

内心的台阶 / 78

任文字在青砖上舞蹈 / 80

离别的方向 / 82

毛家沟 / 84

碰见一棵进城的树 / 86

苹果的微笑 / 88

请坐到我的对面 / 90

秋日抒己 / 92

一个失业的父亲 / 93

身体之书 / 95

时间的暗语 / 96

一滴真实的泪 / 98

虫子那么小 / 99

我仍然醒着 / 100

午后的街边小店 / 101

午夜的场景 / 102

夏天 / 104

现在 / 106

小女帖 / 107

杏花红 / 108

一地金黄 / 109

一个早晨的风景 / 110

一只苹果的思想 / 111

釉面上的光 / 113

与时空说 / 115

遇见宋人古墓砖雕 / 117

在小城 / 119

在文亚碰见一个看戏的老人 / 120

葬清风 / 121

这一条路 / 123

中年的背叛 / 125

中年的约定 / 127

种子 / 128

每一天 / 129

2015 年

他走路的样子不如从前 / 133

草说了什么 / 135

覆盖 / 137

望着失败的飞翔 / 138

酣睡的石头 / 139

窗台上的李家山 / 140

失败者 / 142

月牙是个幌子 / 144

杏树林 / 145

我比黑夜藏得更深 / 146

我的村庄我的影 / 148

有话要说 / 150

我在孤独的时候想起你们 / 152

犯忌的事 / 153

小事物 / 155

死亡的选择 / 157

憋屈 / 158

春光明媚 / 160

岭子梁远眺 / 161

路边植物 / 162

每片叶子都有一条教义的路 / 163

鸟儿只叫爱着的那一只 / 165

目光落向别处 / 166

偏爱 / 167

驱逐 / 169

良宵 / 170

坐北朝南 / 171

每个枝头住着一个村庄 / 172

我像麦穗一样贴在窗户上 / 173

江湖中人 / 174

悲叹 / 175

请偷走我的软弱 / 176

别来无恙 / 177

村小学 / 178

小绵羊 / 179

煮洋芋 / 180

最坏的一天 / 181

动用 / 182

西行路上 / 183

天山南北 / 184

草原及沙漠 / 185

植物的心 / 187

达坂城的月亮 / 188

2016 年

老张 / 191

离不开高处的生活 / 192

水果糖 / 193

等着 / 194

甘渭子川的水 / 195

另有用意 / 196

光秃秃的人间 / 197

人间四月 / 198

阳光像蜜一样沾在手上 / 199

一根草的欲望 / 200

棉袄里的二月 / 201

合张影吧 / 202

月光翻墙 / 203

表姐 / 204

春天的疼痛 / 205

微尘 / 206

当云遇上一座城 / 207

鹤鸣山 / 208

青城后山 / 209

崖蜂 / 210

峨眉山 / 211

杜甫草堂 / 212

安仁古镇 / 213

宽窄巷子 / 214

野鸽子 / 215

天要下雨 / 216

侍花 / 217

祷辞 / 218

夜曲 / 219

奔命 / 220

寺庙中 / 221

秋风斩首 / 222

狗瘾 / 223

儿女情长 / 224

所有的枝条都把叶子休了 / 225

高盛文的旷野 / 226

繁星闪耀 / 227

月光围困了村庄 / 228

2017 年

一个人的下午 / 233

一个村庄的平衡术 / 234

仰望夜空 / 235

我活进了父亲的中年 / 236

说服 / 237

旧时的路 / 239

给我一道春天的圣旨 / 240

草木魂 / 241

柴岛村 / 242

石老人浴场 / 243

观天象 / 244

静宁，静宁 / 245

拒绝 / 249

昆虫小记 / 251

布谷，布谷 / 252

秋风来 / 253

天凉如水 / 254

事实上，没那么简单 / 256

北京来信 / 257

幸福的一天 / 258

十月 / 259

阳光被搓出了汁 / 260

一片叶子 / 261

一些石头爬出来 / 262

遇一孕妇 / 263

雨天的小意思 / 264

摘下无名指的恨 / 266

中街有柳 / 267

后记 / 268

2012 年

和植物对话

喜欢上这些花花草草
是后半生的事

现在,我有足够的耐心
和它们谈论阳光、雨水

我是它们身体的一部分
把浮华与现实隔开
在一枚叶子里隐遁
长成草本或木本的样子
让自己舒展,浓郁或浅淡

我所热爱的
必将惊心动魄
爱,也将成为一种
祭祀灵魂的仪式

野花

以无名氏的身份
长在田间地头
这些细碎的花朵
等待谁的傍依

我无法拒绝它们的软弱
而它们也在拒绝长大成人
拒绝与高处的生活对话

打开身体的门窗
只为一次短暂的燃烧
如果你伸手
必将在暗香里堕落

这些宿命的野花
它们互为命根
也相互伤害,你看
它们也伸出了愤怒的小拳头

这个春天，我回头看时
它们赶在集体上山的路上
遇见风，点了点头

葡萄树

春风强劲,绿波浩荡
土墙将被覆盖
自此,它们的行程不再停歇

我允许它在细雨过后
把藤蔓伸过墙头
在邻家小女孩的辫子上抒情

七月,葡萄挂在枝上
有着通体温润的光泽
架下,我听见神在私语

它们有着少女青涩的眼神
那时,我羞于表达

向日葵

不要轻信神话
都是风尖上的易碎品

她是不是水泽仙女克丽泰
他是不是太阳神阿波罗
都不重要

重要的是她如此热烈
世间万物
谁还能给太阳
兜售规模如此宏大的光芒
重要的是在她成熟之前
我有足够的时间自我陶醉

曾经,她腰肢招展
把轻佻的笑脸举过头顶
上帝指给她
一条充满阳光的路,由东至西

她虔诚地走上了朝圣的路
并学会了向大地低头

同样,一个骨子里装满阳光的人
他将背负沉重的爱,躬身低头
看厚重的黄土,看脚下云卷云舒
面向太阳,把一生健康地走完

冰草

旁边站一个"冰"字
草就有了无边无尽的心事

事实上,它们热烈、喧哗
作为一项浩大的工程
它们学会了集体出动
用迅雷不及掩耳之势
抢占高地
也有误入麦田者
摆出一副小麦的样子
和父亲谈天气、谈墒情
谈今年的收成

没有了这些宿命的小草
我会不会迷路
风会不会折断回乡的路

现在,秋风正扫落叶

它们用集体的孤独
加重着村庄荒凉的表情

仙人掌

习惯了在沙漠立命
习惯了痛苦地坚持

在雨水无数次背弃之后
它推翻了自己的生存理论
收起叶子,收起眼泪
收起雄心

身上长满彻夜不眠的刺
向天空伸出手掌
而那些锋利的刺分明在拒绝
拒绝爱情,拒绝抚摸
拒绝甜言蜜语

这个春光满面的男人
请不要逼近我
收起你殷盛的欲望
别用你迷离的眼神招惹我

当我发呆
太阳金黄色的光芒直刺双眼
一个个黑影奔往殉情的路上
2012年的某个下午,它拒绝握手

小麦

没有谁能阻止
你们站满大地的缺口
你和我是父子、母女
姐妹、兄弟

你最亲近的人,你无法拒绝
他们走在隆起的麦畦上
和你一起生长,一起被收割
他们的命运,一如你春风里的绿浪
一波一波,动荡不已

你的身体安静,没有喧闹
镰刀割过,细细的伤口上
麦芒还在尖叫,而那些滚落的忧伤
来年将重新发芽
我愿把你们种在我的身体里
喂养那些饥寒交迫的日子

我是大地的小麦
我原来也是碧绿的
现在,我走在城市的大街上
走得成色暗黄

背井离乡,扬花抽穗,那痛
是身体里难以消除的条锈病

牵牛花

风撒下花种走了
我没有看见风的样子
但风还是留下了足迹
或红或蓝

鸡叫头遍,我在熟睡
牵牛花的蔓儿起身
攀了一节,把身子搭在架上
在烈日到来之前,它要打开身体
做一次深呼吸,由蓝到红
说的都是察言观色的道理

小时候,我摘了一朵喇叭花
偷偷插在那个小女孩的头上
算是一次短暂的倾诉
热烈、奔放
而两小无猜的爱情就在放学的路上
被老师甩了一巴掌

她和我一样,张大了嘴巴

我还是喜欢叫它喇叭花
现在,它们伴着春风
吹响军号,吹落了蚂蚁的张望
吹醒了小青蛇的噩梦

麻子

请把籽儿拿走
留下麻秆,剥落成熟的皮
做成长长的线

一头叫离开
一头叫归来

高粱

我愿意回到1986年
回到李家山
看那么多人举着火把
向山冈集体挺进

万马奔腾
适合于这种动感表达

一株高粱
是一支饱蘸朱红的毛笔
空中的云
是笔尖上涌动的激情
一株株高粱
温暖着大地苍凉的子宫
把穷困潦倒的村庄照亮

一个人肩扛落日
是秋天漏收的一株？

高粱走进了记忆
走成了一坛老酒,谁醉倒
在一片红疙瘩的记忆里?
醒来时,欲望被束缚
而前进的路上,需要多少根火柴
才能把心灯一一点亮

蒲公英

在异乡
被路边一朵蒲公英唤醒
它带给我惊喜和迷惑

那时,我爱她黄色的小花
人到中年,不屑于她的艳丽
开始动心它雪白的绒球

天空疏漏
这些小云朵,散落田野
成了大地的子民
并保持着飞翔的姿势
它们借着风的力量
说出了生命的行踪

它们喜欢在风里奔跑
和一只只鸟儿擦肩而过
变成一缕缕光

田里归来的人
一身白霜,他们着迷于
口吹花球般的人丁兴旺
我看见放学后跑进野地里
撒欢的孩子
惊起了铺天盖地的大好光阴

山丹花

起初，只是觉得你
有着尕妹妹的好模样
才把你小心地移在墙头上
一抬头就能看见

春来破土，云轻风急
相对于杂草丛生的田野
高高的土墙头过于耀眼
夏天开花，蝶来蜂拥
只因你错开一朵。冬天
你深藏暗处，我心空旷

三十年，足以让你儿孙满堂
如果你还活着，应该是低着头
嘴角血红的那个

给个理由，让我抵达
不能自持并热泪盈眶

你在墙头摇摆身子
我目光晕眩,你知道吗?
——没有了你
母亲为什么一个人时要浅声哼唱
——没有了你
我怎么会站在墙根沉默寡言

咬人草

五岁时,我就记住了
这种叫荨麻的咬人草
它有着手掌般大的叶面
和淡绿色的光芒

那时,我还是小小少年
掉着鼻涕。向阴的山沟里
我被它们伤害
柔软的绒毛扎进皮肤里
足够硬,那时我不知道
——顺手叫抚摸,逆手叫暗算

二十年后,恋爱中的我
仍心有余悸
我怕她们毛茸茸的刺
一不小心扎在手背上
活得没有了鼻涕,拿什么止痛?

每年春天,草又长了
不开花的荨麻草
比我心头的爱繁殖得还快
有时在爱里痒着,有时在痛里舒服着
像我们的爱——没有定律

雪来了

端一杯茶,看大雪弥漫
道路消失了,屋顶消失了
红头巾一闪而过
烟囱,成色灰暗
戴顶白帽
像一件久站未决的事

大街上密密麻麻的人
低头赶路
我想看到一个人身体里的风霜
而她,像雪花一样消失了

雪来了,每年这个时候
乡下有一些鸟儿冻死荒野
雪来了,一片跟着一片
前赴后继,像一场绝望的爱
来此,只为凋谢

顺从

在村口
被一条路握住了手
它说:你看看

地里空空如也了
稻草人还顺从地站在那里
一只麻雀钻进袖筒
寻找谷物

稻草人坚守着
它和你父亲一样
——倔强

2013 年

1994 年的月亮

它是太阳忘记带走的吻
烙在夜空的额头上
带着湿气,在我的幻想里

风干了脚印
山鸡空有一副好嗓子
也叫不出她的名字
如今,它有着止痛片
一样的形状和颜色
我们也习惯了守望

我怕走过长长的河西走廊
它会被西风吹瘦
瘦成一粒种子,一粒忧怨的沙子

阿阳路札记

两排柳树肋骨一样
坚持着对生命的忏悔
我住过的老院子还在
雨后泥土的气息
迷漫在街上

我小心翼翼地恋爱
慌慌张张地结婚、生子
在大院纠缠了十多年
尘世如镜中容颜,一时迷乱
我也保持微笑,免于世俗的迫害

多少次尘落尘浮
才造就了这副寒露为霜的表情
从幼儿园进进出出,重复了四年
在孩子的呼吸里生柴、取暖

一些生病的人在街上溜达

在时间里隐藏
然后被人群挤出生活
看看,"他低头,不为看路"
走着走着就直不起腰了

晨雾

庙儿岔,一声鸡叫
惊动了正在分娩日出的天空
像曾经爱过一样,让我双眼潮湿

大雾锁住了村庄
一条青花蛇浮在草面上
参与着大地的无比冰凉
山嘴的一棵树,像一个老人
独自潮湿,独自隐忍
羊咩牛哞的声音
从浓雾紧裹的山窝里传出来
仿佛找到了生活的源头

太阳初升,像一只橘子
山峰额头微红
羊群、炊烟……这些我熟悉的事物
和雾混在一起,难以分辨

此生，多少须臾之物
似这雾团，千姿百态地呈现
又悄然隐退、消失，任其飘散

我想坐在一叶小舟上荡漾

在乌镇
我想坐上乌篷船
透过薄薄雾霭
看小桥流水人家

放慢脚步,让时间静下来
和洗菜的老人聊聊天
说说林家铺子,说说观前街
说说沧桑的过去

或清或浊的小河,像根绳索
一头拴着村庄,一头系着远方
抖一抖身子,落下几缕烟雨

众人离去,我留下
抚摸水波,和一只水鸟对望
端一杯米酒,可唱可饮

走上断桥

西湖还是西湖,断桥还是断桥
再次来过,春色正浓
只是不见头戴花冠的娘子
拱桥的倒影,像一轮圆月
掏取了籽实,空落得让人心酸
桥上的风,洞悉了我内心的密码
逼我交出银圆,买下这把门环
待夜深人静时,轻轻叩响西湖的心扉
逼我掉泪

园林

是怎样的一双手
把它们安放在这里
假山假水,假得多么含蓄
多么真实

坐在太湖石上
阁楼的沉香在鼻尖游走
听蝉鸣,听微风过耳
听那女子忐忑不安的低吟

泥土幽暗,花色正艳
一堵墙,阻隔了一个朝代的阴湿
除了远去的主人,这些花花草草
陪着园林活了下来

有一座小桥隔在你我之间
像一只眼睛挨着另一只

秦淮辞

一些灯笼飞起来
又跌入淮河

蚂蚁般的人群
在黑夜与灯火之间挣扎

当一个个青楼才女
离开的时候
我想,秦淮河该是多么
波光粼粼

没有了往日的莺歌燕舞
来来往往的人
送了一程又一程
全是离别的词儿

曲终人散
我们都是夫子庙的过客

不要拨开人群
找到薄情寡义的我
对我说:"多么厌倦……"

从来没有一个春天是恶劣的

说好了点到为止
当苜蓿芽破土时
我还是感觉到了疼
微风荡漾,一朵花翻开
另一朵的眼皮
相互打量

红芍药,你能不能不要
开得那么妖艳
像爱情的光芒。温柔点多好
像母亲,或者姐姐

春天,从来都不曾恶劣
如果可以,腾出一块地
让我种下一句吉祥的话
我绝不相信她会像花儿一样
——离开春天

回乡路

小雨过后,柳条绿中带黄
孩子手拿柳笛,吹得洋洋得意

路边上有一块苜蓿地
紫花和蝴蝶在春天相遇
我想起
我也曾经有过一对好看的翅膀

墙角晒太阳的人换了一茬
都是原来挺能干的一些,现在老了
他们说的故事是上一茬人说过的
我听过,总以为故事里的妖精
——就是藏起翅膀的你

我又一次走在了
这条熟悉的老路上,蚂蚁昂吼
但它已经失去了长出翅膀的力量

河边

找不到通往天空的梯子
坐在河床上,看一只鹰
振翅高飞

要多久,大地才能怀上一条河流
又要多久,河流才能分娩出
那些土鱼

时光齿轮飞转
河水隐退,沙滩裸露
种子在泥土里昏昏睡去
石头上闪着灵魂饥饿的光

寂静的下午

山上,有春天
下午寂静,远离喧嚣
我们的话题尽量高过远山

山峦的门还虚掩着
草色未露,杏花迫不及待
蜜蜂嗡嗡地,替我们喜欢着

一个孩子,我看见他
为了表达自己,变成了兔子
像从前那样

杏树下,她曾盛开过
我们消耗了多少隐秘的激情
凋谢时节微风含雨
我忘记了自己的样子

下山了,我不让她们带走花香
带走心灵的顽疾

旧景

在宣纸上画下远山
树木、低矮的草垛
旧式的空房子
还有高过屋顶的飞燕
这些都是我热爱的事物

我会在空房子里久坐
屋檐上最好有雨水滴下
一个人时
我拒绝来自太阳的温暖
我渴望远山将我
连同身体里的忧郁一起收获

"这不是痛苦,
是生活本身消失了"

我喜欢用这种方式爱着过去
爱着旧时的影子,打开后窗

遇到春天,和它拉几句家常
说说过去
偶尔会有一个简单的想法
——先挤了进去

母亲坐在春天里

她置身其中,阳光也在其中

屋瓦的影子,慢慢地割过
她的腿、腰、胸……
枝头杂乱的鸟叫声
正一点点将她淘洗

身材矮小,但她还能像庄稼一样
倔强地站起来,微风浪起
阳光遇上了硬骨头

地里庄稼没有疏远她
她吃过苦,流过汗,得过奖
当她老了,便洞悉了大地的密码
偶尔抬头看一眼屋檐,燕窝还在
来了去了,无非是空来空往

她低头,盯着脚尖

凝视内心,若是我不回来
我将无法和她眼前的光阴结盟

春天渐近,时光如此仓促
母亲,在小板凳上坐着
像坐在我的喉咙上

歧途

游蛇般的马路
把县城分割成大大小小的快乐
或者忧伤

这个秋天,不是所有的原野
都有金黄
一些美好的事物,正偏离内心
苹果园溢出果肉腐烂的气息
那个经常和我出入牛肉面馆的人
合上了眼睑,前几天
他还跟我说起一些简单的愿望

一切都难以预料,落日起伏
小草还在田野上虚拟高潮
秋虫在奔向死亡的路上浅吟低唱
曾经荡气回肠的村庄收起了镰刀

日子在既定的轨道上前行

偶尔抬头看看蓝天
走进阳光,又走进山雨
过着身影重合的生活

你看,抚摸过我们的风
曾给我们多少奔涌的欢愉
又多少次把我们摧残
一个直肠癌患者,站在十字路口
用微笑抵抗着癌变的生活
向不可宽恕的岁月鞠躬

街心

深秋时分,总有鸟群迁徙
飞过头顶,消失在山峦深处

秋天已经来到了街心
一群毛色肮脏的狗,目光阴寒
行色匆匆的人,呵着热气

这是一群痛失故乡的人

儿子背着书包闯入人群
我站在十字路口
像久远的一次疼痛,屈于命运

听到了琴声

无数个夜晚,我合眼
从大拇指数到小指
再从小指数到大拇指

我不停地数:亲人,朋友
他们在不同的时间和地点
不同的故事里扮演不同的角色

从大拇指到小指是一个轮回
我像在弹琴,弹到最后
就是骨感的十指和自由的魂

十根手指,是十枚钢钉
插在身体里,持续的疼痛里
闭上眼睛,接受黑夜的剃度

在风口舞蹈

一座城市潜伏在浓雾里
多少容颜,多少滚烫的血球
隐没在颜料后面
一些树叶在街上翻飞
像一群放学的孩子,一哄而散
它们最后的时光总是被风推着走
换季了,天空归于稀疏
"人生如梦,转眼就是百年"
没有谁免于日月光晕留下的印痕
避开浮华,把时间蘸饱阳光
安放在群山之上
我多么像个画家
用喜悦和悲辛调和失色的画布
这让我想起了王克敬
又一个癌患者的突然离世
世界给他们留下了空白
而他们不再对这个世界说话
在风口,还有一些纤弱的草叶在舞蹈
保持着对人世美好的热望

2014 年

不要打扰那个叫刘建民的人

不要轻易动他坟头的草
草叶带雨,这是他喜欢的
不要惊动一只看守大地之门的虫子
它嘴里含着夜半的寒凉彻骨
不要打扰一只枝头抒情的鸟
让明媚如月,琴瑟和鸣

你看那人间辽阔的烟火
疾走的人群,翻飞的时光
村庄上空的蓝,风吹不动
刘家川的苹果花开了
葫芦河流经我,奔向不知名的远方

你可以走了,抛下一段旧时的肝肠
让我从枝头摘下了你潮湿的问候
不要大声说话
不要再去打扰那个叫刘建民的人

熄灭灯，我还能看见你

一场大雪，把豪奢的喜宴铺到了天边
风敲着你家的门说：
"小女生，快起来，已是爱的时刻！"

年轻多好，什么都可以飘扬
我说着雪花一样飞翔的词
也像熟过头了的秋天，不安
其实，一个女人要比一片雪花更容易融化
借助风的力量，雪瓣缥缈的三言两语
生活便开始了新的秩序

我这样说：我比太阳起得更早
是为了第一个看见你
当你变成我的一根肋骨
我便打开了生命的另一扇门
星辰布满你的身体，米兰花解开衣襟
而后来的爱，是没有蓓蕾的芬芳

2006年,我们遇见了自己的童年
那一刻,世界仿佛一下子
从一只蜗牛的壳里醒了
阳光美好的时候,孩子就睡在我们身边
左手和右手就像拉着两个相安无事的门环
我确定,他也加入了这场旷日持久的爱

十年,照亮我的不是头顶的月亮
是你放在我肩上的那一盏灯
当云变成雨落向大地
天空便完成了一次内心的解放
而生活本身也脱下了一身诱惑

我们似乎还可以把它过得更好

风,吹着2014年的你
吹着我柴米油盐里的白发
也拖着疲惫的你,走在回家的路上

家,是什么?是没有输赢的战场
是枝头掉下的苹果,落在你手里
我眼巴巴地看着。是一条河流的中途
皱裂的河床,是被皱纹收纳了的爱情

现在,风老了
刮不掉你脸上的妊娠斑

而我也没有由青转黄地东张西望
其实,我曾经犯下的每一个过错
都是为了向无故的庸常生活妥协
对,我来到这个世上
就是为了无缘无故地向你道歉

听我说:这十年,我忙着与风赛跑
没有停下来,与你平静地交谈
我多么愧疚!我们余下的部分
像一片雪飘向大地
仍旧保持着唯美忧伤的心
我向神圣的万物承认:
是我给你平添了中年的模样

今天,谁把眼泪那么大的月亮挂在天边
无论盈亏,你都盛在我的眼睛里
今天,是北巷子的那一场雪
我抱着你,就像大路抱着小路
今天,是让人把持不住脸红心跳的出场
就是熄灭了灯,我还能看见你

城中村的黄昏

这些老屋,穿着旧时代的中山装
闲暇时光在屋顶上走了几十年
为了体面生活
它把自己伪装成一座城市

血稠了,纵横交织的电线
像老汉胳膊上暴露的紫色静脉
他的头顶,一只蜘蛛
在网上读着神秘的文字
寂寂苔藓印在了少妇的裙角上
泛着绿光,这算什么隐喻和象征
小青年用 QQ 和微信
链接起近在咫尺的四面八方
巷道窜过的春风填补不了生活的空洞
青砖缝里长出的芍药,开得哀伤

黄昏,金黄色液体在山坡上流淌
村庄和雪白的羊群,在远山融化

他走得迟缓，鸟群钻过了身体
出了老巷子，就是城市喧嚣的中年

对妻帖

这一天终于来临
我们互为床榻

被露水点亮的地方
是你身上几处微伤
米兰的花香里
露水清洗身体的欲望

落日,最美的封面
几只鸟,滴成数团淡墨
我们无法拒绝夜色
打着哈欠
将每一次抵达
都当作一场婚宴

多好的眼前

三十年前
在李家岔小学的某个课堂上
阳光舔着我
头皮屑雪花一样落在课本上
落在《卖火柴的小女孩》身上

其实,我更愿意说
它们是飞翔的蒲公英
随手可抓的喜悦

现在,和头皮屑一起
掉在书页上的
还有几根白头发
像暗地里心疼我的几个人

"这世界还年轻,正绿得发狂"
这句诗,像个饱经风霜的人
躺在雪的深处看着我

冬日阳光温暖
帮我想起了过去的一些细节
一只鸟儿飞过天空
有一些人和事跟在后面
但这不影响它抚摸我的手感

哦,多好的眼前
请别去惊醒一个梦见童年的人

沉浮

此刻,太和殿,空无一人
一缕阳光,打坐,做自己的王
像坐着自家江山

或明或清,不过是两个爱打架的孩子
百年沉浮,不过是这把椅子和另一把之间的距离
二十四帝,十三条金龙,如今算得了什么
乌鸦飞过天空,墙上泥巴掉了再抹上
百姓的日子风吹脖颈冷暖自知

当我隔着门槛朝着太和殿张望时
作为一把椅子,它会对我说些什么?
灯笼挑起,我错把黄昏当成了黎明
没有了口令,它会不会哑然?

水井的记忆

如果记忆有泪,它会哭

路过大场,看见曾湿漉漉的井沿
泛着白光,一村人的井水走了
井盖上锁,风嘟囔着什么
我听不见,立在那里,像破败的墙

当我还是个孩子的时候
村庄是温和的,大人忙着收场
孩子贪玩,爬在井沿上
看井水明晃晃地摆动
仿佛地球对面打开了一扇窗子

我回望:死去的人
站在井旁,长长的井绳
像从他们身体里拔出来的
水滴在尘土上舞蹈
几朵懒散的云,弯腰讨喝

一个小孩子跑过来
我鼓惑他撬掉锁子,他一脸茫然
露出一口豁牙,给我一个漏风的微笑

喝葡萄酒的下午

飞跃万山奔腾而来的红色汁液
盛在碗里,像远山的太阳
迎着黄昏,从碗口升起

此刻,我应该是一颗葡萄
请借我一个下午的好时光
慢慢成熟,在你的风中摇曳

后来,红色的汁液变成了飞鸟
在我的体内盘旋,整个下午
似有千条栅栏,却无法将它套牢

我已经醉了,如果你一定要哭
请你躺在我的膝盖上
像花蕾一样绽放

世界安好

要是一本书会哭泣
正如白纸所言
文字是指头无法擦掉的眼泪

生命是无边的大海
爱到最后也是一尾鱼的记忆

月亮,因为观望的人太多
而变得混浊。没有哪一只手
能够摘下太阳的王冠
是的,大山也会倒下
那是对着另一座更高的山峰

风从城北吹来,世界一片喧哗
飞鸟振翅,它嫌弃天空的狭窄
小草脱掉白天的紧身裤
荡着夜晚的秋千。秋到最后
树叶开始为死亡鼓掌

尘土有着大地的谦卑
也有着风的荣耀。世界安好
而我靠在一本书的肩膀上
眼前，河流舒缓

街道漫步

夜幕降临,大地吐出了骨头
一些灯光飞起来,一些落下去

从永福路开始,独自漫步
路的一侧,跳广场舞的女人跳一下
我就咬一下牙,这喧闹的生命啊

北二环路,夜晚比世界本身更加深邃
按摩、足浴、桑拿店一家挨着一家
有些奢华,有些灼热
我害怕她们毛茸茸的秋波按摩

车站像巨大的容器,盛一些人进去
又倒一些人出来。班车风尘仆仆
正打兰州归来,人们拖着行李箱
疲惫地消失在出站口

在窄小的倒醋巷,我停止张望

我害怕县医院泪水盈盈的眼睛
如果我停下，会看见她还站在窗前

风把中街少年的歌声吹散了
读书声越飘越远，这所校园
锁过多少花的怒放，全让风侵占了

曾经热闹的衙门巷有些冷清
像一个牙齿不齐的老人
闪着一豁一豁的灯光
再往前走，唯有几处红绿灯
勉强主宰着眼前的合理秩序

她还坐在槐树下

奶奶,爱坐在门前的槐树下
她渴望一睁眼就看到爷爷的坟
还有,她喜欢被风抚摸着

风是这个世界的王
它会扶着你走,也会一把推倒你
它总是打开一扇门,留下一处漏洞
又关上一扇门,洞开一片天空

万恶的时光,借用风的手
赶走一树繁花。一片形式的旧叶子
不得不为新叶腾出现实的枝头

槐树叶落一次,我的心就跟着疼一次
后来,她也被风吹走了
但我还能看见她坐在槐树下
枯瘦的枝条,像她的手伸向天空
跟活着的时候一样,给自己洗脸

今天，星期一

今天，是什么日子？
星期一，我背着书包去上学
书包里有书，馍，葱叶

今天，是什么日子？
星期一，我向她求婚
她答应了，小草都在发笑

今天，是什么日子？
星期一，我成了父亲
石头在睡眠中歌唱

今天，是什么日子？
可能是星期一，我记不清
好像是她成为寡妇的日子
是他在人群里消失的日子

金山长城

上帝多么善良,面对两个贪玩的孩子
把一条霸王鞭横在中间
如今,这王鞭成了大山皱褶里的闪电
深一脚浅一道地走着,越来越远

浩浩荡荡的金山长城上,春风疾驰
我听到猛兽穿过黎明时的喧嚣
利箭呼啸,松树长成了嗜血的士兵
瞭望台上,延续着不可靠的空想和渴望
放下望远镜,放下手中的矛和盾
把一只隼鹰的话译过来,就是
"别跟关内人作对,会让你吃不了兜着走"

这些年,它老了
巨龙一样安详地俯下身子
借着月色,"在察看爪子。
它已经不再记得,黎明时分杀过人"

峪口，望京楼。这两个拔河的人
递个眼神，放下绳子
"早知道二百多年的王朝是租来的
出那么大劲，背负那么多月色干吗"

内心的台阶

雾正散去,长城上人多
我选择走在后面
前面的人衣衫飘动

女人瞪了我一眼
我顺手抓起一把风扬过去
她的长发瞬间飘起来

对于不知归期的跋涉
我感到恐慌,影子舔着地面
我听到了大地,还是我的脉搏
正拾阶而上
我需要宽大有力的手按住额头

这条路没有尽头,天色未合
我在一次次接受着身体的拷问:
你从哪里来,将去哪里?

你看他,坐在拦马墙上
——一根接一根地抽烟

任文字在青砖上舞蹈

此刻,我认出了他们:
"万历六年镇虏骑兵营造"
"万历六年振武右营造"
"万历五年山东左营造"
……这些山东、宁夏、江西
河北的男人,用方言筑造山崖

梦中,时光可以倒流
请让我轮回成
一块说甘肃话的青砖吧

也请记住一个叫戚继光的人
当鞑靼人阴冷的目光
踩住大明的脚跟时
他用一根绳子在金山岭上
串过来,串过去
把一个帝国的脚和鞋绑在了一起

这是一些会说话的青砖
在彪悍的长河中,他的名字不老
现在,他们紧紧地抱在一起
任沧桑的文字在风中起舞

而我,还是一个
——来历不明,不知下落的人

离别的方向

我企图用一件事
去填补另一件事留下的空白
并试图在时光的餐桌上
重新获得爱你的热量

你却停止了歌唱

一片云在头顶
纠正着天空曾犯下的错
一个人来了
和一个春天的到来同样重要
你攥在手里的石头碰出了火花
是不是源于深藏不露的爱情?

一只孤鸟,飞在山峦间
像我跳动的心
阳光正一点一点打扫着
我后背上欲望的杂草

我只用了一支烟的工夫
陪你在密林里走了一会儿
夜晚就抵达了
爱正借用一棵植物的名义
或枯或离
草丛上，一阵风指向离别的道路

毛家沟

毛家沟的杏花开了
白色的,粉红色的
每一朵花,像贪吃的小嘴

小虫子爬在瓶口交谈着
对于它们,花朵就是今晚的家
蜜蜂,一群采花大盗
和去年一样
以甜蜜的事业为名,伸出窃手

对于一棵低矮的杏树
没有了花香四溢
就没有了尊严
没有了活下去的力量

每一朵杏花上有一所小屋
有一道门,但我却不能进去
当我闭上眼睛

太阳变成大地的种子

毛家沟会不会还是原来的样子？

碰见一棵进城的树

从低矮的灌木丛中
跳出来,我一眼就认出了你
那张农村人的脸

兄弟,乡村的花名册里
已经没有了你的名字,乌云改道
你也不用绝望地站在一处

我早你几年进城,也早早收起了
内心的锋芒。而你还能独裁天空
无论风雨强悍,你都能以有力的树枝
分而治之。眼下,我挺佩服

无论高居庙堂,还是流落乡野
我们都是兄弟,我会打开你身体之门
给你说掉土渣子的方言、村庄的消息

末了,有句话我得告诉你

这里比不得乡下
别招惹街道上的小混混,别窥视
暗处的窃窃私语。若有鸟雀或雨滴来访
就得探身相迎,别死于自己的无知

苹果的微笑

秋风没有时间停下来
与山川河流交谈
它一直忙着酝酿林海波涛

静宁的苹果熟了
看见它的不是眼睛,是嘴巴
太阳照不到的地方,苹果能
每一片果树下,走过一群手持火把的人

聆听吧,秋天在向所有的生命发号施令
让齐腰的蒿草死于忠诚
让奔腾的河流收住汹涌
让歌唱的鸟儿,在风中战栗
而让一颗北纬35度的苹果
在李家山的山坡上,交出了微笑

是的,苹果也会微笑
那是对着另一片硕大的苹果

而我的爱属于另一种水果
我叫不上她的名字,但它不影响我
对一只羞涩的苹果——回眸一笑

请坐到我的对面

多年前,我拥有你的友谊
现在,是否适合进化论的推演
是否可以用生物的角度解剖

那些年,你像一枚果实
有着干净的核,苏醒的果肉
那时我舍不得你
像手里捂着一只蚂蚱
透过指缝看一下,赶紧合上

这些年,我们被搁在生活的高处
像小刺猬一样缩紧了身体

时间把饥渴和水混在了一起
清晨消失了,彩虹消失了
这会儿,坐在我对面的不是你
是你身体里早已消失的少年
盯着你,就像盯着 1987 年

那条打满补丁的秋裤

兄弟！我多么辛酸……
只有你高原红的脸蛋，值得信赖

秋日抒己

日子,是一座山峰
用犄角顶着云团

山路,像一张渔网
把山的身体收紧,我的村庄
一条受困的鱼,喘着粗气

季节不断变换戏法
树叶没有打算在枝头落户
果实却有一个梦想
——成为大地的根

每至晴初霜旦,总有鸟群出没
炊烟一番艰辛,把路铺到了天边
急驰的风,无情地收割

面对盛大的秋日
我承认,作为这个村庄的儿子
我已经配不上她祥和的脸庞

一个失业的父亲

说实话,起初我有点烦
讨厌你半夜三更无休止地啼哭
持续不退的高烧,还有闹心的早餐
手工制作,早接早送的幼儿园
我懒得起床

起风了,我把你拉到身后挡住风的喧嚣
下雨了,有我为你打伞,你知道
世上还有如此悄无声息地覆盖吗?
现在,我学好了,改掉了坏毛病
习惯早睡早起,陪你识字断文

不管有多忙,我都骑着单车
第一个到学校门口。你不知道
我就喜欢跟在你后面,生怕一不留神
被坏人抱走了。我承认,作为父亲我惊讶
你成长的速度,可还是不忍让你独自行走

这一天终于来临,你烦我糖纸一样沾手
烦我像猫一样尾随,烦我粗糙的手掌抚摸你
我像一只失败的鸟儿,不知道
接下来该为谁鸣啭

身体之书

太阳交出了头颅
为犯下的错向大地道歉

当身体成为时光的拐杖
我不再说话,她有时是我的妻子
有时是我的情人,更多的时候
让我心生仇恨

月亮,不再是夜晚
眼眶里的泪珠,它的出现
是便于让我看清自己

欲望是头领,身体是愚蠢的士兵
有时,我想摘下所有的花朵
被风羁押在案,任风雨擦洗

影子,不过是身后的一个窟窿
它的意义,在于成为我存在的形式

时间的暗语

深秋的午后,我挨母亲坐下
刚下过雨,一只母鸡
把头从门缝探进来,小心地
寻找着湿漉漉的小鸡

那一刻,它的脸上
有着母亲般的慈爱

几次,我欲言又止
但不影响我对它们的理解
这是一个极好的隐喻,它提醒我
要加倍小心地生活

没有哪一片土地为爱而荒芜
过往的时间,就像整片麦田
而母亲偏爱营养不良的那一穗
风漫过来,打断了她的想法

有一天,他们都散了
我也要像雪花一样,忍着泪
——把自己绽放

一滴真实的泪

如果这一切源于昨天
我会看到他腼腆，略带微笑
此刻，他是一滴真实的泪

一场车祸夺走了儿子
他痛恨地看着马路
想要说点什么
但干裂的嘴巴无法停止翕动

我看见，喇嘛故堆飘过一朵云
落在他肩上，像一块毒瘤

我多想在大地仁慈的字典里
找到一个活蹦乱跳的词
——给他

虫子那么小

不望明月
明月下的槐树
不望高处的灯
不留恋中途的风景
把镜头朝向李家山
七十四岁的母亲
像一只孤独的鸟
抖动着羽毛
哦,望见她了
在夏天的菜园里
但我看不到她手里的青虫
好像我在里面,跟在身后
——虫子那么小

我仍然醒着

一定是黑夜从我这里拿走了什么
我醒着,看见时间黑黑的长发

我想起,从土地里走出来的人
放下锄头,就以神的名义
传递福音,猫哪里去了?
老鼠跳着锅庄,放声歌唱

闪闪发光的星星
可是太阳留下的汗珠?
可是福音之上醒着的漏洞?
我醒着,却无法驱逐他们
体内的魔鬼

进城陪读的女人开始起舞
阳光拍打着窗子
爱的时刻到了,我仍然醒着

午后的街边小店

那片欢愉之地,已经沦陷
我不再揣测笑容背后的诡异

一群薄情寡义的人
终于和我一样心平气和地
走进了这家小店
要一份三鲜水饺,剥开饺子皮
露出一青二白的身体

警察和小偷交谈
小青年练习丘比特箭法
打情骂俏的中年人
说着让人脸红的段子
有个小孩不小心打碎了碗

米粒般的人
阳光一样撒向街道
一条狗趴在门口,耳贴地面
倾听八面跫音

午夜的场景

午夜的管道,水在歌唱
我的身体也在歌唱
窗格上贴着月亮的脸,露着皓齿

她已没有可以讲给我的故事
因为爱着我才看不到未来
野狗撕咬的响动
让我联想到它们撒播下的子孙
蛾卵在温室里渐渐长大
我已记不起老鼠的面孔和它诡异的尾巴

杯底积下了难以溶解的物质
我无视年轻时候的词语
比如清澈和纯洁,以及花朵的馨香
新式的藤椅、花盆、晾衣架……
在午夜露出的微笑里默默无语
也许他们也会发现自己多么幸福

"一闭上眼睛,世界便远远离去"
我的房顶倒着旋转
随时都有可能带走身体的一部分
但我的心始终保持着坐北朝南的姿势

夏天

太阳裸露,街道伸着懒腰
有风经过,爪子弯进我的皮肤
它不留意我说什么话

满街的人,没有规则地行进
我一个都不认识
他对着影子或面朝太阳
我目无一物,在时光的指尖呓语

无数个窗户在彼此张望
却不再窥视爱情,夏日狂热
忧伤,是云朵额头的皱纹
我渴望一场雨,洗涤现实的躯体

流浪狗,只为孩子手中的香肠
承认错误。光,因我的无知
在玻璃板上滑了一下

语言是实现生命承诺的工具
又是什么桎梏了我的欲望
置身人的森林,让我闭上眼睛吧
不彷徨,也不抱怨

现在

风,书写着果实的眼泪
一片浮云,擦不掉天空的谎言
大地,因为死亡变得辽阔起来

石头粘上羽毛,梦想着能飞到天上
麦草垛,是累垮了的身体
架一把梯子,你就能爬上现实的墙头

被风吹拢的落叶告诉我:秋天来了
秋天,不过是一个虚假的笑靥
老鼠还是拥有整洞粮食的穷光蛋

一条泛着白光的河流
是你抛在光天化日下的破绽?
我不急着上山
不去理会它身体里的冷空气
看着你们将错误的答卷持续到底

小女帖

瞧,这干燥的春天
下起了小雨
她像雨点一样来的时候
我正埋头看书

那一刻
星星登上了夜晚的梯子
麦苗睁开了眼睛
睫毛上举着雨滴

风敲门,打听小女的名字
天空的蓝还没有完全呈现
我说:"再等等吧!"

杏花红

当我发现那个人是你时
你已经消失在车子后面

这一抹被荒野夹裹的红
多少让我有点激动。还是你吗?
在甜蜜的花香里泡过了澡
风会不会眯眼微醉?

我给城里的一个人发信息
想告诉她,杏花开了
好像发给一只鸟了

杏花开了,不要为名所累
"跨出体外,就能开出一朵花"

一地金黄

要知道,秋天来了
风,解开村庄的衣扣
给大地穿上金黄的衣衫

我喜欢树叶纷飞
像一些杂念,以殉情的方式呈现
我愿意:这是天籁的旨意
不是意外失足

暮色柔美,霞光遍地
我被推上斜坡的落日唤醒
一些欲念,像光秃秃的枝条
伸着懒腰。我没有足够证据
审判一枚果实的错误

站在村庄,我像一棵树
我愿意:每根枯枝安放一处伤疤
风一吹,空气一样散了

一个早晨的风景

没有人能像鸟一样
独自飞向天空

这里已不是空旷之地
除了音乐的渲染
还有人在奔跑
拼命挤出身体里多余的水分
每一条跑道都保持着水的形态
这些奋力游动的鱼
有着动人的姿势

时光欠了我的,正一一奉还
拐个弯,就挑起了
身体里的勃勃野心

危险的事情不是跑在路上
是你雄壮地跑过了头
跑进了时间的阴影和虚无

一只苹果的思想

一片果园:
能降下星星的夜空
一个村庄:
爬向不眠的大地

一双罪恶的手
在田野的错事本上又添了一笔
一堆苹果
拒绝了一只苹果的微笑
一只受伤的苹果
心室里长着会飞的子弹

野鸽子蜷缩枝头
爪子弯进了黑夜的身体
狗尾巴草挥动拳头
怎么也敲不开秋天的门

丢下我吧,让泪水充满眼眶

让我在宁静的田野里小睡
和清风交谈

釉面上的光

打破沉寂的不是音乐
不是她怀里婴儿吃奶的声音
当一条鱼背叛了水
它们便一起失去了快乐

青花瓷,三两牡丹,花色浓艳
一束阳光滑过釉面,舔着地板
我找不到可以跟它相近的东西
一个人的呼吸,都显得多余

光滑的釉面
剥夺了一只蜜蜂自由的拥抱
它翻动着翅膀,跌入光线的深渊
釉瓶里,盛着欢乐和痛苦和解的溶液
片刻,我将把它一饮而尽

世界多么善变,当身体离开了思想
我甚至不敢把它感觉

当光线暗了下去,有过一个人
和它一样——用情不专

与时空说

一碗水泼成黄河,一碗泼成长江
大秦岭脊梁一样,横在大地中央
再阔再穷的王朝都一样
背上的布褡子,一边装着大漠戈壁
一边装着小桥流水

从胖到瘦,摔断了胳膊,折断了腿
方块字跌跌撞撞地走来,走得艰难
走得风花雪月。我翻六盘下四川
听他们拐弯抹角地说兰州话,陕西话……
目睹他们在中国版图上卷起一个个角
你看他穿着西服,走在西北的大街上
"从一个象形的人变成一个拼音的人。"

燕子从南方飞回来,我爱它口吃的鸟鸣
我在北方放牧,你在南边养蚕
我吃羊肉泡馍细长面,你食花色糕点白米饭
你看这个雄壮的小伙,他以为骑着高头大马

就能蹚过你的一池春水？若是心有不快
就喝一碗三泡台吧，坐上羊皮筏子
吼几声秦腔，别妄想黄河里把肠子洗净

你若扎起双髻，我就让唐朝的月牙
亲你的额头。隔着十八省的灯火
让我思念一场雨水、一场大雪、一地金黄
被这潮湿的海风摁倒在深圳
——兄弟，你这不是要我的命吗

遇见宋人古墓砖雕

果园里,一处宋人古墓
是一个朝代灵魂的前身
和过去的肉身。宋朝远了
时光还在

墓地砖雕,与阳光相遇
与空气相遇,像一次抚摸

两个双髻推磨的仆人
沉溺在稻谷的香气里
骑着高头大马的汉子
用一张满弓借下一轮落日
要做什么?
一只蝴蝶坐在石头上
像略带微笑的唇
把牡丹种在砖头上的女人
脱下薄纱
像脱下身体里的月光和水声

人间到了，出来换口气吧
也让我用这些彩砖
拼凑起对一个朝代的赞美

在小城

嘴唇干裂,有无数要死的理由
却还活着。肥乳丰臀眼前晃动
你无法抽掉身体里疲惫的风

流浪狗怀揣梦想:给一条皮鞭
我也会像狼一样趾高气扬
舔着自己的精液,没心没肺地走着

在小城,我为之颂扬的事业
将我拒之门外,二十年的光阴
可以学会爆炒腰花,以此养家糊口
眼下,我难以掩饰十指触目的空白

一片云飘过,口齿不清
在太阳眼里,生命蠕动
不过是眼球上掠过了一缕青烟

在小城,"有数不清的钥匙,
却找不到一扇门"

在文π碰见一个看戏的老人

出门前,这个年迈的老人
一定特意收拾了一番
才有了这般整洁、干练

其实,生活
还是让她心动的诱饵

这个曾经年轻的女人
她也是这样站在戏台下
怀揣火焰?

她像我的母亲,也像他的
或者你的。我有抱住她的冲动
为此,我尾随了她半个下午
她身上的气息,我一点都不喜欢
但又舍不得离开

直到天色向晚
落日把她抛向了远处

葬清风

月亮，巡夜的灯
靠着槐树打盹
这景致，像老槐树上一枝新欢
我微醉，抛书看树叶裁剪清风
月光下青黛连天的山峦
完成了人与景的交融
残叶纷飞
只不过是一场哭泣罢了
星星点点的灯光
定是天使不慎丢掉的手帕
梢头雀鸟
试图把一缕清风藏于翅下
清风掉头敲窗，那声音
像我多年干下的一件蠢事
清风碎了一地
似她身上滚落的汗珠
拾起碎屑
埋在日月的一声叹息里

来年,她会对我窃语吗?

——"我结成果实,只是为了一醉"

这一条路

让一条路听话,不容易
又是春天,路面起皮
修修补补的工程按时上马
风时常刮起灰尘
急驰的车,坏天气,让我厌恶

路的一头是家,一头是单位
中间隔着两处红灯、一所学校
一个包子店,一家牛肉面馆
我熟悉它的凹凸不平和四季更替

这么多年,它身上涌动着某种气息
我说不清,但一直存在着
像一只手,或者一根绳索
把明明暗暗的光线牢牢地捆住

一条路要有怎样的坡度
更适合脚的意图

我从不在乎它有多暗,多明
如果有爱
这一条坚硬的路会鲜活起来

中年的背叛

每盏灯下,有一处温暖的住所
而人至中年,就不愿急着回家

我曾发誓:
要点石为草,拯救饥馑的羊群
在西部沙漠里为你栽下一棵梧桐
用一滴露水拒绝来自大海的汪洋
……

我对你说过:
伤口上会长出飞翔的翅膀
死亡不能让你痛苦,一朵枯败的花
能掀起裙角的风,是一个不懂阅读的文盲
我用了足够长的绳子,也没串起满天星辰
挂在你的脖子上。此刻,我多么羞愧

你能否理解
中年之镜,是你看着我眼睛的眼睛

太阳出来时,我走在你的影子里
在你的光晕里自诩,并再次立下誓言:
有生之年,要学会与沙子握手

所有的荣耀,都是从生活中借来的外衣
走得再远也是朝着童年的方向

中年的约定

每天,我们眼前的世界
总被一缕温暖的阳光轻轻打开
生命给予我们的,我们习惯了照单收受

时光弯进了中年,多么空旷
那些花儿一样开放的人都去了哪里?
生活的镜子里,你已化作微风悄然无息
我每天都向父母问好,用大部分的时间
去散步,爱着妻子和孩子们
爱着游离、消失、又重返的柔光

庙宇的钟声和教堂的祈祷
同样虔诚,而我的内心还多么邪恶
我希望她就在某处

明天还在远处,公园的路交叉而过
我发现一个真实的你
在某一个暗角,对着春天诡秘地微笑
满以为整个公园就你一人

种子

我愿意返回母亲的身体
回到一颗种子的梦里去
把温暖重新披在身上

流淌吧,河水。那幽闭的峡谷
无须思想,无须信仰和前途光明
一颗染上色彩的种子多么可怕
你知道,我害怕酒、盐和面包的分解

当世界裂开一道口子
灼热的太阳让我感到烦恼
在巨大的叶子下面,让我慢慢生长吧
用单纯的胎芽,思考根的哲学

每一天

三点一线,三声叹息
一阵吹过面颊的风

草长莺飞,还是去年的味道
牛羊嘴角闪现着同样的微笑
缕缕炊烟,摆不脱影子的观望
年年麦穗扬花,我仍旧像光一样
居无定所

给翅膀以天空,给水塘以蛙鸣
给河流以山谷,给五谷以嘴巴
给强者以弱肉,给玫瑰以爱情的手掌

太阳每天捧出一团火焰
也未能在天边留下一丝余温
就是豪车万辆,无异单骑一把
都是重复着高低不平的颠簸
一盏盏亮起的灯,也在告别

2015 年

他走路的样子不如从前

别让一个七十岁的男人
抬头去看太阳
这是我的忠告

摇摇晃晃的阳光
还有伺机而动的云
一定另有企图

别让他去看一条河流
一滴水里包藏了太多的眼睛
亲人、仇家。熟悉的,陌生的
……

别让他去看窗外的风景
北风吹,天气就该凉了

他走路的样子大不如从前
闭上眼睛

他会看见自己瘦成了一株草
被羊啃食

草说了什么

一只虫子的歌声
足以让一片草叶颤抖
一个原本安静的村庄
在露水里晃荡了一下

像我心头的肉

米粒大的人扛着锄头
在上面蠕动
我的村庄越来越小
一只蚂蚁足以把它搬走

值得欢愉的是
还有春风吹醒小草
还有草叶上的飞虫
只是,它等不及落日的赞美
飞走了

村庄的夜晚群星闪烁
草说了什么,我忘了
但我记着,小时候曾对着天空
——撒过一把种子

覆盖

曾经,有过一些征兆
我都没在意。就像燕子
飞回南方,又返回了北方
大风推倒微风,也被微风绊倒
一片叶子落在肩上
又飘向另一个人
她摸过我的手
接着被另一个人握了一下
白天覆盖了夜晚
接着,夜晚又覆盖了白天
就像我无法躲避一座城市
将我先前看到的村庄再次覆盖
还好,大地没有掩过来
否则,它将给你永恒的安息

望着失败的飞翔

我不惊讶,春天再次出现
在欲望中偷窥并赠予

我的无知,并不能阻止良心的枝条
俯下身来,行使生育的特权

水珠悬挂在松针上
像那个女人活着的时候
流出的眼泪。我躲开
是怕尘世的目光过于沉重

我也不参与春天的修剪
像一只鸟落在电线上
望着生活,望着失败的飞翔

春天了,让我写诗吧:
"我只想成为一棵树,为岁月
而生长,不伤害任何人"

酣睡的石头

秋天的庄稼哪里去了
丰腴的河流哪里去了
狗趴在门前,村庄哪里去了

外滩的人群哪里去了
失踪的少女哪里去了
警察拔出了枪,子弹哪里去了

世界发生了太多的事情
而无声无味的石头还在酣睡
要不是头顶的浮云敲打
我还不知道那个傻子在嗤嗤发笑

窗台上的李家山

清晨,两个老人总会在窗台前
像面对着万亩良田一样满足
他们在花盆里种上了五谷杂粮

这盆是椿树岔的小麦,这是水泉湾的玉米
这是高崖洼的荞,还有那盆是岭子梁的胡麻
……

其实,李家山早不种这些农作物了
苹果树涌向群山,摘下了裹头的包巾
为此,我坚信他们在窗台上建造的李家山
一定还是七八十年代的样子
可我去哪里给他们租一条葫芦河
借一山呖呖的鸟鸣?

显然,已经生疏了
当一只青虫出现的时候
他们跟初侍农事时一样手忙脚乱

还有小麦条锈病、玉米黑粉病
还有红蜘蛛、螨虫……来的时候
他们拍打着干净的衣服相互指责
"一定是从你的肉里钻出来的"

失败者

当月亮变成一潭湖水
你还是无法搭乘闪电的方舟
抵达
……
街道是个失败者
它无法让自己变得宽阔
伸出手臂,在胸前画着十字
河流也是,它明知云团和鹰只在身体里
撒谎,却不让一滴水说出真相
村庄也是,默不作声
像竹篾小笼,只囚禁蛐蛐和蝈蝈
……
今天是我迎娶明天的那股力量
明天的好事我本幻想昨天来临
……
如果站得更高,你会看见
东峡水库,就是成纪大地上一个浅浅的
失败的微笑

……
他是一个失败者
他的眼睛因为看到的大多已经生锈
而我"只跟小草作战,却向荆棘投降——"

月牙是个幌子

我是背着书包,打着口哨
跟着一个女生,登上岭子梁的
她说,"月牙钻进眼睛了"

我继续打着口哨
拨开她的双眼皮狠劲吹了一口
月牙晃了一下身子又站稳了

另一个月牙在遥远的天空
笑嘻嘻地望着
她不说我打口哨的嘴劲小
笑嘻嘻地说,"你的胆子真小"

我无法像吹灭一盏灯一样
吹灭她眼里的月牙

直到太阳带着醉意
唱着潮湿的歌,从地平线上升起
上课的铃声从岭子梁背后传来

杏树林

村庄沟边有一片杏树林
杏子成熟的时候我常去
那时候,我幻想着每一颗杏子
拥有苹果的眼睛
把我看成沉思的牛顿

后来,对我最有引力的
是它们越过植物的初衷
少女一样直勾勾地看着我
那一刻
我想把整个杏树林占为己有

现在,太阳靠着枯枝打盹
天空飘过数团相互碰撞的云
我坐在树下休息,默不作声

芬芳是我曾经不懂的忧伤
地下腐烂的核
仿佛是从我眼睛里掉下的

我比黑夜藏得更深

我幻想：地球是太阳和月亮
轮流看守的监狱

一只鸟儿飞得那么高，那么美
没有飞出天空的监视
浩瀚的大海
只是飘浮在一尾鱼背上的云
骑马扬鞭的男人驰骋一生
没有挣脱女人柔软的肚皮

人不吃草了，是智慧在作怪
草咬伤人，是草用它的可爱
跟人的聪明开了个玩笑

万物有灵：
森林把自己藏到一棵树里去
沙漠藏到沙粒里去
一条河流藏到一块石头里去

天空藏到云团里去
……
都避不了不爱江山爱美人的嫌疑

一群孩子画着长大了的样子
中年人画着老了的样子
我比黑夜藏得更深
是怕看见泪水流进眼睛里去了

我的村庄我的影

山峦噙着落日
夜空噙着明月
大路噙着小路
槐树的嘴巴噙着鸟窝
池塘的眼睛噙着蛙鸣

三叶草噙着露水
河流噙着石头,也噙浮动的云
山谷噙着大鸟的一声绝唱
一匹苍狼的血管里
噙着无数只羊的恐慌

日月稳坐枝头
而那个叫李家山的村庄
用了十八年的光阴吐掉我
像吐掉一根切不出菜的萝卜

麦穗低头,叩问村庄

"无边岁月中,谁是那个
被我白白疼爱半生的空空背影"

有话要说

杏花憋不住骨子里的欲望
一张嘴,蜜蜂听懂了

一坡苜蓿流了半夜泪
蓝汪汪的花儿
大清早伤了羊的胃

老黄牛有话要说
才把眼睛睁得像门环一样大

子夜时分,谁把亡灵喊出来问话
"为什么,人间的轮回多半闲置"

一条河流气喘吁吁
连夜运走月亮的心头肉

母亲在白杨林里种下笔直
破了头的竹子说着节外生枝的话

奶奶把苹果园顶了一个包

她说:"我回来了,你们都去了哪里?"

我在孤独的时候想起你们

兄弟,我像一个卖完了货的货郎
一前一后,挑着清风和微雨

生活遭遇了无数次叙述
你还是跑龙套的角
别看我背插霸王旗,那也是假唱

麦草秆上晒着你的衣服
不凝固也不起伏
像一个个悬而未决的问题
麦地里的你,被无数麦芒包抄
我不赞美,看着风吹麦浪
看着小小的疼痛在你周围涌动

兄弟,无论风怎么吹
也无法把夜晚的星辰拢在一起
我也是在孤独的时候想起你们
抬头看看天,看看遥不可及的星星
像一个个微弱的悬念

犯忌的事

起初,我不相信女人生个傻子
是因为内裤晾在麦草上过夜
沾了风的精液

现在,我相信了
那个对着太阳撒过尿的人
长着烂眼圈冷清了半生

天色尚明,我不相信突降大雨
是因为割草的媳妇滑倒
淌了一地温柔

后来,我相信了
舅舅去世前夜,姐姐对着镜子
梳头,黑黑的长发怎么也甩不掉
猫头鹰的叫声

那个被鸟粪击中的人

在胸前划着十字,咒语被雨淋湿

我也相信
母亲让炊烟招手喊我的名字
是怕城市的爪子勾了我的魂
……

岁月飞跑,此间我情堪忧
择一方桃木,别在腰上

小事物

蚰蜒路曲曲折折
像牛皮鞭子抽打着上面的人

路边小草,被风吹低了头
"但他绝不听从狂风的话语"

苹果花和这里的人一样
侥幸绽放,渴望被头顶的厄运忽略

麦场上,两只小鸡
像亲兄弟一样走着、说着

鸟窝卡住槐树的喉咙。树叶像急促的肺
潸然泪下是一句怎么也说不出的话

燕子飞来飞去
也没有剪断我们半辈子的交情

小蝌蚪有滋有味地游着
要是遇见妈妈,他们会是完整的一家

一间长满苔藓的老屋
把自己当成了一个百病缠身的人

青杏指头肚大小,我想动用它的酸
酸掉身体里钙化了的小市民

死亡的选择

老母亲和肝癌晚期的儿子
像小时候一样并排躺着
他的手太大
以至于她无法恰当地攥住

这么多年了
月亮也没有把夜晚的坑
填平,天边的北斗七星
像几个打坐说话的人
他们说到了死亡、生命的秩序
声音很轻,怕吵醒了风,破门而入

其实,死了好啊
再不用担心生命的变故和伤害
我多么希望,死亡只是一个路口
可以通往来世

憋屈

生活,你应该向我挥手致敬
人至中年,我总是轻拿轻放
不再碰你的伤口

这么坐着,在小板凳上
给你编长长的辫子
看上去可爱一些,好看一些

更多时候,我渴望在葡萄、苹果
这些水果的肉里找到液态的你

生活日复一日,让人觉得憋屈
你看看,夜晚憋不住了
把一颗心悬在半空。大地憋不住了
隆起那么多山脉。花瓶憋不住了
绽开几大朵牡丹……
她也憋不住了,半夜喊我的名字

是不是锁不住了就得打开
密林打开一条路,好让我找见你
这样也好,打开一个信封
把自己塞进去,随便寄给夜色或者清晨
在阳光下走得久了,我怕磨成一根针

春光明媚

用不着特意打扮
像半截木头一样
把自己随手丢在荒草上
万物保持着应有的速度和缄默
独自展开,又缩成一团
这时,最先变暖的是我心上的那个人
一群鸟儿飞过头顶
枝条也准备随时醒来
农历的风,一点也不客套
一出手,就把冬天逼下了悬崖
我离热闹的城市越来越远
它是君子,我是小人
躲在明媚春光里
我才可以把自己以及藏在暗处的罪恶
一点一点倒出来
天色尚早,我想把这个春天拿回家
给多病的父亲

岭子梁远眺

山坡上苜蓿的紫不见了
水泉湾麦浪的黄不见了
哗哗响的玉米不见了

苹果树说着今天的好天气
狗舌头尖上几棵杏树隐隐约约
像几个熟悉的人再次活了过来
大场里,麦草垛稀薄
像看场人留下的脚印
有人错把落日当马灯挂在高杆上

坐在岭子梁,我像村庄
排不出的毒。对于眼前人家
我和椿树岔的猫头鹰看法一致
但我不说晦气的话
几只狗朝这边跑过来
是不是看见一个陈姓的朋友来了

路边植物

小于名字
轻于月光

不与小麦争镰
不与洋葱夺泪
独自返青,暗自荒芜

绊倒提灯打更的萤火虫
夜色沉重,风无怨气
蛐蛐吞下声音里的刺
我只担心它,喝多了露水
会不会醉

秋田熟睡,鼾声富贵
路边花草,数天边的星辰
活着,只为与人世的一场情义

每片叶子都有一条教义的路

当归可入药,柴胡可调心
来此山中,我不采药
看野菊花,怎么说服自己
长成一味药
止住一个女人的尖叫

草木茂盛,听多了虫叫鸟鸣
浮草心有千言万语。不曾溢出
是怕突如其来的风,取走了

被闪电击中的树
一定有颗罪恶的心

每棵树上长满咒语,密密麻麻
每片叶子深藏一条教义的路
意象的光一闪而过,它教导我
不要招惹一只怀孕的虫子

枝条弹了一下,送走一只鸟
时间在这里伸出枝蔓
在光线上打结
一条路时隐时现,奔向结局

鸟儿只叫爱着的那一只

一棵树,想看见远方
两只鸟儿飞来了,像一双眼睛
一根电线,渴望被赞美
两只鸟落上去,像柔软的音符
一座老屋,想长成一个字
两只鸟飞过去,像恰到好处的偏旁

天空是个巨大的笼子
鸟儿收起翅膀,把树且作人世
下面坐着几个左顾右盼的人
听见有人叫他的名字,就应声而去

而鸟儿,只为爱着的那一只鸣叫
阳光听懂了,热泪盈眶地从树叶上跳下来
被一只松鼠接住,像捡到了木棉袈裟

目光落向别处

泡一杯淡茶
把目光投向城外群山
绿色包浆,是我最喜欢的
为了让自己看起来像一回事
把一本书捏在手里
这些诡异的文字立刻安静下来
一个个我正远离自己
一个穿梭在人迹四塞的街道
一个端坐在李家山的椿树岔
一个在学校门口等孩子放学
……
这时,突然想起小时候
老师问我:"长大了你要当什么?"
那时候我精力充沛

偏爱

我眼里,石头是汉字,流水是汉字
雨是汉字,风是汉字。牛羊散落在草地上
是云朵般飘动的汉字。鹰只飞过天空
是一个理想飞扬的汉字。几声鸡鸣
是这个清晨先亮起来的汉字

麦场里柴垛发霉,是被丢弃的偏旁
玉米棒龇牙咧嘴,抱着兄弟般的部首
漏风的豁口,站着几个读音准确的树
像几个披甲上阵的士兵

田野里,农民在秋收,几个孩子
是刚出芽的字。稻草人是人模人样的大字
吓得几只鸟雀,像胆小的小字呼啦啦飞了
这条羊肠路,作为一个村庄的最后一笔
除了造势,我看不出来它有多大用处

月上眉梢,你在母亲的怀里

是一个方方正正的字,所以我偏爱你更多一点
若是有用,我会化作你偏爱的那个字
——被你日日书写

也许,我更爱生僻字多一点
它们像是不同的面具,在我需要的时候
抽出来戴上,护住我半包围的疲软结构

驱逐

一朵花里藏着另一朵
里面的驱逐着外面的先开
一片叶子里长着另一片
它驱逐着成型的成为旧了的过去
一张嘴重叠着太多的话
后面的话驱逐着前面的说了出来
一支烟里隐有多少灰烬
它驱逐着两根指头交出了绝望
一条河怀抱着另一条
后面的驱逐着前面的向前奔流
太阳也是被月亮驱逐着
落山的时候,一回头红了脸

良宵

山野风清月明,我一个人坐着
群山伸向远方,像看不清的未来
曾经马蹄踏下一个良宵,我们共度了
手里攥的汗帕,是你给我的最后一个良宵

野草丛生的旷野,月亮闪着寒光
为数不多的星星,是我认识的几个
后来被声声虫鸣叫走了,地里庄稼茂盛
它们不哭,我哭了,好像谁也没有听到

好像是在梦中,她递给我一个眼神
天就亮了,身边的事物逐渐醒了
一条路摆在眼前,我却不想走了

坐北朝南

一睁眼,看到阳光
我恍惚的情绪,安静下来

坐北朝南的坐姿最好
北风呼啸,难跨身后高墙
南风带雨,娇情
声声敲窗

进一步可沐浴,退一步可遥望
适宜迎娶一个人,也适宜埋掉一个人

人间四月,天色正好
掐个好时辰,写首诗
阳光斜身进来,字热乎乎的
我忍不住摸了一把

每个枝头住着一个村庄

你的神在寺庙里,低头盯着脚尖
像看见一条河流淌着血色汁液

你若心怀虔诚
就会看见每个枝头住着一个村庄
里面有父母妻儿、土地牛羊

所有叶子,指着不同方向
就像很多时候,我在不同的地方游荡
可我要时时回头张望,因为终有一天
我和你一样,免不了要自投罗网

我像麦穗一样贴在窗户上

阳光很好,我辜负了
几个人一起喝了半天茶水
想好了,六月麦黄
要和母亲一起割麦,我辜负了
被窗框锁住的天
憋着一股劲,脸色难看极了
我像一根麦穗贴在窗户上
无法参与整片麦田的狂欢
我拥有小麦的属性,却辜负了
后来我还是捎话给母亲
"月如银镰,它会替我收割"

江湖中人

水势凶猛，几抔黄土挡住了去路
土说：它是江湖中人
一滴一滴水，穿透了石头
水说：它是江湖中人
屁大个小孩，偷了几把车子
趾高气扬地说他是走过江湖的人
知了叫得热闹，螳螂举刀砍蝉
螳螂说：它是江湖中人
黄雀大喊一声，抱住螳螂
那厮对螳螂说：兄弟，你就不知道江湖险恶
树一挥手月上枝头，竹一挥手日上三竿
真是无处不江湖，我只丢了一粒米饭
蚂蚁居然动用了整个部队

悲叹

我眼前的湖
是人人可饮的杯子
你眼前的树
是人人可穿的新衣

孤鸟失败于对翅膀的不信任
一摊水死于自己的清澈
我们的生活重复着同一个句式

一座城本可到外面的世界走走
无数路捆绑了手脚
人人本有一张形态各异的脸
可为什么，我看见的却是同一张

大雨倾城，你看看
路上跑的全是不贞节的词
一滴水死于自己的狂笑

请偷走我的软弱

一杯月光就够了
请偷走我的胃炎
让我痛饮一回

一缕清风就够了
请偷走我的满嘴黑牙
让我摘下小鸟舌尖上的春天

一点火光就够了
请偷走我骨头里的软弱
让我做一回身怀火焰的人

如果还有来世,请一并还回
我的桀骜不驯。请扶起我
身体里的尘埃,让阳光看见

别来无恙

如果你不去坐,门前的石头
是冰冷的,如果不去听
就不知道鸟的喉咙里
有山有水

一只鸟从葫芦河飞来
我听到了流水的声音
另一只,从高空冲下来
我听到,云团挤压的痛苦
还有一只,从你那里来
我闻到了翅膀里的胭脂
这是我熟悉的

我也在身体里喂养了一只鸟
我驯服它,是为了有一天
让它替我遇见你

村小学

曾经,两扇新漆大门
像新学年刚发到手的课本
现在,它被风吹破了

那时候,每个学生的口袋里
装着三两鸟鸣,发育的尖叫
桐树叶落下来,像先生的一记耳光
扇在脸上。一只鸟盘旋,羽翅下
藏着我对青春期的深深一问

找到那个女孩抱过的白杨树
抱了一下
它携着一部分干净的我
在落日的余晖里,长久地绯红

小绵羊

父亲养过一只歪脖子羊
毛白得像披着一场鹅毛大雪
那时候,人间像绵羊一样温顺

今天,当雪从岭子梁
飘下来的时候
我再找不到那只歪脖子羊了
绵羊一样的温顺也不见了

我站在雪里,站在歪脖子羊
站过的地方

煮洋芋

隔段时间,母亲煮一锅洋芋
一家人先拣着吃,余下的猪吃
那时候,娃娃和猪吃着
同一锅饭长大
后来,猪贩子赶着猪出门时
母亲的眼泪,像洋芋蛋一样大
从小到大,受了委屈
我就找个没人的墙根出出气

最坏的一天

本来侧一下就过了
可她们偏偏正面遇见了
一生中最坏的一天

泪水打不湿月亮
却将夜连根拔起
如果那条路绵软一些
我愿意说它是无故的小舌头
而事实是,它比遐想更冰冷

把一盏灯端在手上
会不会出现比遐想更温暖的可能:
两个年轻女人,化成两片雪花
优雅地——回家

动用

我曾动用了小草的军队
占领一座青春的山冈
曾动用了倾城的月光
清洗一张中年的脸
也曾动用了针尖那么大的光芒
骗一个女子出阁
现在,我又要动用世间所有的蜜蜂
为我的孩子酿造蜜汁的生活
我又很无耻,多年之后
还得动用一抔黄土把双亲掩埋

西行路上

汉时的风,吹着西域的天空
唐时的诵经声,在篝火上跳跃
月光里,明时的木卡姆悠悠飞翔

天山一手抱黄羊,一手提葡萄
万里黄沙,埋着一个古楼兰
漫漫驼路上,铺着玉的温润
一匹马,像成吉思汗在漫步
一绺丝绸裹住了蒙古狂妄的铁蹄

总有一场雪,落在西行的路上
回头,就能看见长安城中的一桌圣餐
所谓前朝往事,恰似唐朝和尚
在西域的佛洞里,丢了个小盹

天山南北

阿尔泰山、天山、昆仑山
像三个仙人，看着爱恨情仇的人间

没有风的教诲，三只鹰
同样飞出了西域的辽阔
一只飞向印度，一只飞向埃及
一只留下来，书写着部落的记忆

看见博达峰的雪，像听见天山
发芽，叫了一声菩萨的名字
一年就到了头。乌鸦洗白身子
也读不出一句像样的经文

那么多湖，我先看喀纳斯
湖水像只酒杯，等着云掉下的——醉
再看博斯腾，遇见了芦苇秆里的空
和一只鸟的心不在焉

草原及沙漠

怀揣春色的人,在秋后的草原上
眼里是满当当的草长莺飞

草场像个诡异的人
走着走着,掏出一群羊给你
在一群羊眼里,牧人是不是
它们中的一只?

夕照,哈萨克毡房
摆在页码全无的雪地上
一顶毡帽
安顿下奔流的雪河
暮霭垂临
马桩拴不住脱缰的风
一根羊鞭
甩出满天繁星,闪着信仰的光

沙子在奔跑,我知道一粒沙

是另一粒沙的兄弟,其中一粒是你

谁在戈壁滩上摆下一盘棋局
若是石头上脚印开花或者怀孕
你便胜我

植物的心

请给我：阿勒泰的红头巾
伊犁的奔跑，布尔津的高度
天山的鹰笛，阿克苏棉花里的白
喀什大巴扎的古卷……

胡杨，开在沙漠的花
骑马的僧侣，带走一树金黄
雪莲嘴里噙着黄羊的梦
一场雨卧在棉花的怀里
哭得不明不白。还是让我讨一把
若羌的小枣，拦住那个被夜色追赶的人

一朵云，像葡萄挂在吐鲁番的天空
架下，阳光打坐，不晃荡的一颗是
——菩萨的心

达坂城的月亮

买买提,每一个来疆的人
都算计你的古丽妹妹,我好像也是
只看了一眼麦然木,像有一阵风吹过
母羊温暖的腹部

而每一个离开的人,抽回月光里的脚印
哼着王洛宾错误的曲谱,心里装着
——一个空空的达坂城

唯有那月亮留在心中,格外明朗
像大巴扎买买提手中的馕
不需要说话,咬一口什么都懂了
谁还说,是一个羊冈子私奔的心
我怎么看着像甘肃来串门的老乡
谁再劝酒,我就给谁一弯苍月

2016 年

老张

一片阳光,摆在眼前
像刚从老张身体里流出来
他一生不曾婚娶
所以流不出一点温柔

他不喝酒,不赌博,不干亏心事
只埋头干活,给老陈家干过
给老李家干过,给老刘家也干过
把庄稼像女人一样侍弄着

他过分地相信五谷杂粮
七十岁,大夫说他肝已硬化时
他站起来风一样卷上走了

后来,他每天找个向阳的墙根
想把肝掏出来晒晒,他努力了
可没有做到

离不开高处的生活

阳光不怕了,雨水不怕了
再大的狂风也不怕了
人不怕了,鬼不怕了
半夜的敲门声不怕了
要命的官司也不怕了
当新的春天来临
一片旧叶子使劲抱着枝头
它说:只是舍不得离开高处的生活

水果糖

以前叫洋糖,像食不果腹的生活
被母亲捂在手心,舍不得剥开

它有着甜蜜的核,可反复舔咂
漂亮的糖纸,是一屋子繁花似锦
的活体,阳光一样刺眼

给你一颗洋糖,瞌睡振翅远遁
就这么一说,河水改道,你破涕为笑

如今,水果糖仍旧借用了糖的名义
被母亲捂在手里,除了炊烟弯下身子
时不时讨吃,你们都去了哪里?

等着

天空等着倒塌,大地等着凹陷
一草一木等着枯萎

敞开的门渴望被一双手掩上
一摊死水渴望决堤
一条河流渴望流回原处
罪恶的脚印渴望被大雪覆盖

小鸡等着老鹰的爪子,猪等着过年的刀
一圈羊等着春天,也等着疼疼的鞭子

三十岁的男人,等着纸糊的婚姻
他会厌倦,我痛恨过的生活
不谙世事的孩子,等着未知的远方
像黎明,等着雄鸡打鸣

甘渭子川的水

生活在甘渭子川就好了
像在温暖的子宫里
坐多久都不觉得渴

后来梦见自己成了一股水
有着孕妇微隆的腹部
被一块石头拦腰抱住
不随波逐流

左冲右突
无非是想抓住哪怕一根草
也要像它们一样留下来
长出手掌一样有力的根

作为甘渭子河的水,害怕流进城
细细的管道,要了我的命

另有用意

早年,出过一次车祸
几伤几残几死
唯我毫发无损

是我有着石头一样坚硬的壳
还是棉花一样击不透的软弱

不管怎么说,我活下来,不是奇迹
是人间,一定对我另有用意
为此我至今没有开车上路
我怕一转头,你们都坐在上面

光秃秃的人间

懒散的云,像没有身孕的怨妇
一身轻薄,怎么使劲,也拉不回人间
整个村庄的树叶,受不了几只麻雀的争吵
纷纷离开了枝头。万物在这一刻都枯了
冰草努力伸长舌头,舔着空荡荡的村庄
大黄狗抱着爪子瞅了半晌,空吠几声
还好,大公鸡鼓起翅膀,在墙头
开成一朵大红花。我不知道村庄里
发生了什么大事,母亲手里的簸箕掉了
麦颗洒了一地

人间四月

人死了,草就长得叫嚣

城南坡一片坟地
有几个是我认识的
现在,他们的生命和时间
一样狭长,没有阴影

他们平躺着,紧挨着
像人间一样拥挤
他们像活着的时候一样
说话,骂娘,没完没了

春天来了,他们像翻了个身
把头顶的草抬高了一尺

阳光像蜜一样沾在手上

她坐在单车的前面
耳朵像两片树叶
我怕被春天的风吹跑了

风扯着我不放,像有话说
把草帽大的一坨温暖给了我
这也是我最想说的

这个动静太大了
你看,整个天空成了粉色
她像桃花一样,开在我胸口

阳光也像蜜一样沾在我手上
怎么也甩不掉,多像她
坐在我的单车前面

一根草的欲望

一根草,它渴望被太阳重用
不畏初春的严寒,从砖缝里挤出来

它渴望抹上口红,穿上高跟鞋
洒上香水,裙角还要绣上蛇形

这样,它才敢打开身体
让阳光完全钻进去

棉袄里的二月

半个麦草堆就是一个冬天
姐姐的身体像半截空空的麦管
风,轻轻一推就进了门
片片雪花落下,胜似一群仇人

穿上姐姐织的羊毛袜子
站在草堆旁,我像一只羊羔
有着湿润的眼睛和温润的毛

我愿意跟着姐姐,就这么走
一直走下去,走出村庄,翻过山梁
我只想一抬头,就能看见她
棉袄里的二月

合张影吧

避风,向阳,坐着小板凳
这些曾一把捋直狂风的盖世英雄
靠着墙根,眯眼打盹

有嗑瓜子的
瓜子皮像前朝旧事,落了一地
也有抽烟的
烟蒂踩在脚下,像揉一团棉花

当太阳走到正前方,正好顺光
附近的学校传出运动员进行曲
他们挺直了腰板,两只手放在膝盖上
睁大了眼睛,像是刚从会议上下来

合张影吧
也有不合影的,起身走了
他一定是握过锄头,种过地的

月光翻墙

太空旷了,我像一只乌鸦
落在雪上,被无数的虫鸟窥探着
不敢抬头

月亮挂在天上,旧的
怎么看,都不像是黑夜丢给
人间的药片

月光翻墙,十万道刀光冲进了院子
把住门环,像抓住了救命的草绳

如果天就此暗下来,我愿吃斋念佛
睡在一片菜叶上

表姐

那时候,香椿叶像娃娃的手
胖乎乎的,表姐从树下走过
她的子宫干净得像馒头嘴的泉

后来,翻过山梁,生了个傻子
之后,每年春天她就不回娘家了
怕看见香椿树动用全部的绿
遮挡身上的一根枯枝

只有冬天是可靠的,枝条疏朗朗的
不需要着色,都是一副傻乎乎的样子

春天的疼痛

尘翕

不去登高,不去望远
高处,只适合于挥手告别
和转身。他指着一条路说:
——瞧,那是我年轻的时候

眼下,春色高过膝盖
微风折枝舞剑,虫子张大口
等着空山新雨,我也愿意
坐下来,为自己栽上两垄青菜

这个春天,也有好多人回不来了
吃不到青菜了。比如:海子

微尘

每一粒微尘
借助风的力量冲出体外

它曾驻足少女燃烧的胸部
也曾被苍蝇骑着打马而去

它在想,埋掉另一粒微尘
要不要听从大地的旨意
集结一支微尘的部队
擦亮铁锹,挖掘墓坑

当云遇上一座城

天空,可以用明朗辽阔
来形容,一团云
最好用闲庭散步

也有急着赶路的
当我从城东行至城西
一团云悬在头顶,跟着不放
像有一桩大买卖要做

窄窄的街道何以安身
我空有一座八万人的城
却换不回天上一团云

只有广袤的田野才叫大地
出了城再往西,看到一个村庄
云团哭得泪流满面,像看见了亲娘

鹤鸣山

一棵柏树
他替七百年前的一个人站着
抱住古木,广成子,周义山
张三丰……仿佛又活了过来

饮一杯山泉神水
身体里的软骨头便硬了
忽有小雨,盯着祈福带上
某个死结,一句话也不想说

若有鹤来,我会放下武棍
把功夫还给师傅,讨一丸药剂
下得山去,我知道人间有肉味
还有骨头的疼痛

青城后山

一定是山动了情,满目翠绿
它有着我中年发福的模样
一定是石头动了情,青苔包抄
让我失去坚硬的心,赚得万顷柔情

表达一种心情
不必如双泉飞帘一样凌空飞啸
像这栈道,不忙碌,不忧伤

翠映湖水绿,两元小船可渡
提腿上岸,第一眼看见菩萨
他好像从我身上拿走了什么

此刻,最幸福的当属兀自登顶
在泰安寺前,抛下山川密林
一抬头看见了天,看人间尚好
青烟袅袅

崖蜂

这面不长草木的悬崖
像青城山久治不愈的伤口

蜂箱在高崖,需要多么有力的飞翔
才能抵达,需要多少剂量的花粉
才能治好一座山的伤

林间小道有蜂拥而至的人
头顶有蜂拥而至的云
如此蜂拥,谁不是为了沾手生活的花粉

悬在绝处的甜蜜是孤独的
也格外醒目,多少人失败地走开
把前面的那个红衣女子举过头顶
会不会招来一群采蜜的崖蜂
举还是不举?

峨眉山

鸟鸣不易带走
新鲜的空气不易藏在肺里
红色的晚霞不易披在身上

在猴区招摇

我喜欢索道,喜欢桫椤
喜欢金顶,喜欢年轻的导游
但我警惕她细小的眼睛中
一杯竹叶青狡黠的勾引

喜欢有缘人

去过了万年寺,每一个下山的人
像被佛祖点燃的灯盏
回头,我也偷偷为自己许下
一次日出

杜甫草堂

千年前,它一定是挣扎着
从浣溪河畔站了起来

两个黄鹂鸣翠柳
比不了李白的三声问候
一行白鹭上青天
比不上茅屋旁的一家好邻居

我去的时候,蔷薇花有的开着
有的败了。路过的人都进来坐坐
不喝酒,不吟唐诗,不谈少陵

看看这片竹林,听风吹竹叶的声音
你就知道,这世间唯有风
才真正懂得纪念

安仁古镇

三军九旅十八团去了哪里
幽静的公馆少了迎来送往的喧哗
刘文彩抛下收租院,万没料到
刘管家会在地主小吃店折腾自己

樊建川来了,丢下一大堆事
在安仁大建博物馆聚落
魏明伦跳下戏台也来了
一起来的还有他的文学馆

时间,就是一双可以翻转的手掌
覆手埋掉一些人,翻手
又鼓励新的生命,走上古镇老街

最享受的,莫过于坐在木窗格后面
看穿旗袍的女子撑着油纸伞走过
——管她是不是淑女

宽窄巷子

宽，宽到八旗的铁蹄
踏破夜色，也听不到回声
窄，窄到一块青砖里
容下整个清王朝的日出日落

时光，像一个有偏见的老人
给左手的人一袭宽袖
给右手的一根细辫，阳光公允
照在巷子里，像无数闲散的女子

无需木刻或石雕招牌的指引
也无须盖碗菜和麻辣火锅的说辞
我都不会迷路，相对于夜晚的锦绣月色
我还是喜欢自己白天里的清秀模样

野鸽子

最纯洁的眼泪
是从天上掉下来的
而我用一把伞
把它们挡在了外面

手势是最好听的语言
而我说了那么多
都是不想说的

一只野鸽子飞向天空
在它的眼里
每一团云都是可能肇事的石头
翅下耸立的山峰
是一些善于争斗的人

它,又何尝不是窄窄天空里
一声小小的叹息

天要下雨

隔一段时间,总要下一场雨
洗掉草木之上,被风吹脏了的话
淘尽阳光里毛茸茸的刺

下大一些,要有漩涡
冲走鹰的勾爪和螃蟹的横行
以及街道上拥挤的虚情假意

否则,大地的子宫会发炎
河流会肝硬化,花朵会死于饥渴
尘土会隐于尘土的汪洋

大地,你要警惕,雨的哭泣

侍花

文竹是我喜欢的,摆在电视机旁
除了喷糖水,修剪干叶
还要抽专门的时间多瞅几眼
好像害怕阳光,长得也很小心

父亲捡的绣球花,丢在阳台上
落了厚厚的灰尘,悄悄地活着
还开了花。头扭向窗外,怕我看见

祷辞

土地干裂,一个人蹲着
像大土豆。他原谅了小土豆

我向一只松鼠打听苞谷
烈日下的发育,是否疼痛?

一小朵云,无精打采
露出游丝般,忧国忧民的尾巴

斑鸠,狂叫不止
像要抛别人类

诚实的土地,它在想些什么
若是无恙,请给我大雨滂沱的法器

秋天将至,没有了土豆和苞谷
一座粮仓,拿什么抒情?

夜曲

打开无数道大地之门
他们拔地而起,集体出动
骨骼碰撞,小夜曲逶迤流淌
他们,都是经年暗中守望的人

蚂蚱屈膝
跪在惊心动魄的人间
蝙蝠倒挂
卸下秘而不示的失败
多少人隐匿在爱恨情仇的夜晚
风没有告诉我

若是镰刀就此闪现光芒
种下的石子,逢雨萌芽
一个人就会在碾盘下复生

苍穹之上是繁星
那么多孤儿,等谁领养?
麦场上,无数根麦管在鸣咽

奔命

他忙着长胡子,忙着白头
弯着腰走路。天塌下来也不回头

如果他要看天,就得平躺着
像死了一样

我的隐痛是:在他死之前
没有办法让他直起腰来

寺庙中

坐在松树下
每一根松针挂着眼泪
像经文句句奔向人间
想伸出手捧住其中一句
松子掉在头上
像木鱼声声

秋风斩首

割倒玉米秆、拔掉蒿草
摘下苹果,风吹落树叶
光秃秃的秋天
再也掩藏不住地边上抽烟的父亲
陪他坐在秋风里
我是落寞的书生,还是落难的英雄?

狗瘾

汪汪叫,是狗的瘾
太阳落山的时候
是农民吃饭的点
张玉成家的狗
跑到苹果园汪汪地叫
它不管张玉成把日子过成精品
还是残次

儿女情长

把江湖还你
脱下战袍,不雄霸天下
管你梁山兄弟招不招安
一顶旧草帽,遮住白发
给娘添柴烧火

把舞台还你
卸下浓妆,娘子请起
咱不当陈世美,且回十里长亭
生儿育女

所有的枝条都把叶子休了

它们遵从了季节的口令
马上要死了,死是一件有失体面的事
谁能救它们一命?

这是一枚手无寸铁的叶子
最后要走的路,它于人间无用
放下理想,在死亡的路上
任何形式的哭泣,都合情合理
每一片都像枝头使劲挤出眼角的泪

天很蓝,像我们厮守的每一天
而你已经丧失了道别的能力

高盛文的旷野

秋天,我向土地致敬
所有的庄稼,拖儿带女匆匆归仓

等我把高举的手收回
那个叫高盛文的人已归入土地
他比秋天走得更早一些

如果他上了天堂
会不会像云,把雨水洒向人间
如果他回了花沟
会不会炊烟一样,把手伸向人间
看见旋风了吗?
是风找不到他宽大的背一时着急

他这一生有好多事是愧对的
比如,旷野里的月光

繁星闪耀

一小片灯光,睡在桶上
亲人远行,房檐下挂着镰刀

昼是人间,夜也是人间
刚刚脱下阳光,又被夜色捉拿
流窜至此,我是作案,还是自首
是打洞的老鼠,还是作法的猫?

田野空荡,像爱情走到了尽头
山影厚重,像死去的黑驴舔着背
鸟窝摇晃,像一个老人最后的关怀
繁星闪耀,一阵风正在教育另一阵风

月光围困了村庄

一棵杏树是心上人
拴着月光
浪费掉的光阴是霜
睡在瓦背上梦见了阳光
木桶里坐着娘的心肠
一碗给你,一碗我喝

秋风吹鸣,蒿草围困村庄
红衣裹身的萝卜静坐箩筐
死去的人提着红灯笼
从苹果树上走下来
拐进麦场,几个草垛
像当年失散的英雄重聚故乡

弯月如刀,刀下牛羊肥壮
牧羊人收起救赎的长鞭
半夜起尿的邻居望了半天星星
一眼望穿的地方,怎么叫新疆?

一堆洋芋蛋,镇住地角
娘呀,你若想儿
就把洋芋蛋摆成……号

2017 年

2017年

一个人的下午

我在闲庭坐了一个下午
相当于：一缕风取走羽翅的温度
一滴雨在枝头找到了春天和远方
一团花粉长得比石头沉重
一个婴儿哭着，抱出了产房

风铎骤响的一个下午
是仇人针锋相对的一个下午
是恩人恩断义绝的一个下午
也是爱人蹊跷失踪
砖头敲心的一个下午

一个下午，世上这么多的人
把阳光一点一点分食了，天就黑了

一个村庄的平衡术

爷爷离世的时候
我躲在门缝里看
没有喊,也没有上前拦

多少年,村庄的重量
靠生育平衡着
有人骨殖成灰
就有新人出生

一根青草是谁的骨头
一片叶子是谁传的口信
多年后,我在麦穗上
看见了他们
李银河、李作福、李德元……

陈银鱼和胡娄花挨得最近
看着看着,他们像活了过来

仰望夜空

众山把天空抬高
厚重的被子堆在高处
因为够不到，我才仰望

每一粒星辰
都死于月亮的照耀
流星划过
是夜本身抽出了利剑
直指大地

大地的温暖
只会慢慢地渗出来
我因此需要
一枚干净的下弦月
按住肩膀

我活进了父亲的中年

这下好了:
雨滴可以重新嵌入瓦沟
取下鸟巢,众枝归位
叶子由浅及深
苹果苗长高了一截
我的脚印,和你的一般大了

我交出了和你中年同等的温度
也储存了和你中年约等的水量
我们都经历了有名有姓的四十岁

不同的是:
你可以拥有一座李家山
而我把它丢在了原处
我们都盯着一条路
他背着书包回来了
可你眼前一时半会还空着

说服

说服蜘蛛收起地图
把不明真相的昆虫娶进家门
说服牛蹄窝里的蝌蚪
不哭、不悲,找妈妈回家

但没必要说服一条现实的蛇
长出谎言的脚

说服一只鹰收拢翅膀
放下天空
说服屠夫放下尖刀
在月光下诵念羊皮上的经文

但没必要说服一只木桶
赶走水里的星星

说服,一只喋喋不休的钟表
停止奔跑,保持沉默

说服大地,收下他们的谶语
都这么老了——
但我不说服一个从地里回来的人
立刻甩掉脚上的泥巴

旧时的路

老鼠结婚,燕子私奔
掐苜蓿的妹子去了新疆

兔子抱着一束草,给了山羊
鸟雀衔一粒种子,喂给了天空
树杈上的鸟窝,像败落的星辰

抓一把黄土
像揪出了一地亡灵
旧时的山路,落了大难
风现身,吹得骨头疼

一坨牛粪有着生命的温度
却怎么也拾不起来

给我一道春天的圣旨

鼻子闻不到眼睛的欲望
嘴里摆满琴键
春风弹,秋风弹,都是重音

心窝上,一只鸟梳理羽毛
十根手指朝各自的方向
肺叶,自知人间冷暖

石头一样的心肠
再也扛不住52度的酒
一小杯,就软了

放下远方和诗
给我一道春天的圣旨
让一个个词
在花儿面前,兀自开放

草木魂

迎春、海棠、玉簪
丁香……不是花
冰草、狗尾草、慈姑草
菖蒲……不是草
杨树、柳树、榆树
杏树……不是树
小麦、玉米、高粱
大豆……不是庄稼

它们是这个村庄
曾经死去的人
每年春天,破土而出
用叶片、花朵和果实
表达着对人世的无限眷恋

柴岛村

中午,柴岛村,空气咸稠
渔船挤在一起,远处有礁石
每一只渔船,贴着福字
像是大海递来的浪花

孩子想变成一尾鱼
妻子想变成一只海鸥
而我,独坐船头
想雷平阳怎么奢华
洗把脸,何以用去一片汪洋

再过六个小时
落日,红浮球一样漂上海面
我会坐在小渔村,吃下一碗鱼饺
被蓝团围困,不计归期

石老人浴场

没有围栏,一些浪花
渴望逃离,渴望被肉体带走
不参与整座海洋的狂欢

我睡过的那片沙滩
会有无数个人去睡
像一件旧衣服,我们都穿过了
不觉得有什么新意

一层层浪推来,似大海心中
千杯万盏的话溢出。哪一滴
才是风情万种的一句?

头顶,有闲云。夕阳下吐着
殷红的舌头。一片不安的波涛
在快门下归于安静

观天象

妈妈说:"天上缺水
太阳放下绳子在河里吊。"
那时,我有着小小的无辜的恨

后来,我说:"妈妈骗人
那是披头散发的少女
借我们的河水,洗长头发
那片云,像燃烧的红肚兜。"

现在,我看见长头发
变成了梯子,无数条鱼循迹而上
我说:"妈妈,它们充满了
赴死的决心。"

妈妈说:"这是人间
和天堂的一桩买卖。"

静宁,静宁

一

源于远古,老大是伏羲
山川种满了五谷杂粮
秦时的风曾吹过北山梁
汉时的雨躺在瓦当上晒着太阳

南成纪,北阿阳
时间的部落里,戎羌的牧笛悠长
西汉的马蹄窝里冰草猖狂
南使城的天马曾昂首嘶鸣

一只鸟儿站在百年老柳上
像李世民的江山、李广的弓
李白的笔、三将军的铠甲……
一只蚯蚓攻城略地
夺得半截秦长城,开堂讲经
那些散落在古成纪的陶片

釉面上闪现着文明的质地

二

界石铺：地有白马，天有鹰
不远有个地方叫——会宁
西岩寺山的风最煨心
桃花开时，像那道士重新归乡
成纪文化城，伏羲跌坐大殿
他眼里，人间的事全是芝麻小事
仙人峡，女娲擅长拟人手法
石头长着翅膀
飞过了龙马城的上空

武家塬土厚，阳光照不进的地方
出没的不是亡灵，便是盗墓贼
广爷川放羊的老汉
抱紧长鞭，梦见自己是西汉的兵
葫芦河水面一拃宽了
左岸的石子对着右岸的笑
永峰梁，这地理的高度
可听风，可捧月
春天了，悬镜湖上
爱情的水鸟声音响亮

三

七里的三月,春天的朗读者
头别梨花,说辞里露水眨眼
胡家塬的苹果花香稠密
开得人喘不过气来
双岘梁的养蜂人看见
羽翼上有一条通往甜蜜的小径

碰见一垄大葱,好想痛哭一场
碰见一头毛驴,像是前世的兄弟

甘沟的小麦是陈年的,房子是新的
关道岔的玉米抱着深长的秋天
曹务的洋芋地里,秋风点兵
三合的谷穗对脚下的土地含笑无语
此刻,仁大的苹果用积攒的糖分
喊醒了黎明

四

有蓝色的海,长在头上
十万盏灯挂在眼前
最大的一盏,是咱娘的眼

一万座方言的村庄

唱着恩情的歌谣
一万只鸟儿飞过头顶
不知道飞在人间还是天堂
每一根草都像早年的庄稼
认真地活着

大地安详,炊烟手持眷念
遁入天空。蚂蚁搬家,鸟儿筑巢
风在一个老人寒凉的后背调了头

五

大饼带着深刻的年轮
一个外乡人跑那么快
一定是想起了路摊上的烧鸡

两个醉酒的人
相互搀扶,坐在石阶上
橘黄的灯没有回家的手势
今夜月色尚好,不如喝到天亮

城池盛大,够你雀呼
够你流泪。眼前三条路
一条通往金城,一条通往长安
一条通往阳坡或者其他

拒绝

定是被阳光击败过
才躲入阴暗的墙角织网
在密集的丝线上布下仇恨

它曾梦想：吞下足够的露水
变成一粒粮食。吞下大片的乌云
化作一滴雨，植入大地

但这一切都不可能了

阳光里藏匿了太多
面包和牛奶的骨骸，它开始
拒绝任何形式的光的窥视

它对着夜空说：每吃下一颗星辰
背上会多出一个丑陋的斑
它对着银河说：每遇见一条河流
额头会多出一道邪恶的闪电

阳光下，一张网闪着通往
天梯的光芒。它，秘而不示

昆虫小记

夜间，一支队伍秘密前行
月亮升起，它们集体歌唱

心中有歌的虫子，像亢奋的
战士，接受了月光的训导
以冰草为矛，以树叶为盾

它们扳倒谷穗，爬上玉米棒
以为夺取了两座城池
而一对恋人的窃窃私语
让它们，立刻放轻了脚步

布谷,布谷

现在,我急需一片土地
一阵风,一片金色的麦浪
布谷鸟叫的时候,她就能回来了

麦芒里的世界多么安静
她曾是你的,现在属于我们
我拒绝做一个面目清晰的人
怕熟悉的万物前来指认

后半生,请让我做一株小麦吧
断了回仓的路。不说话,不写诗
和她一起,在麦地里摆荡

布谷,布谷
六月当头,麦子快黄了吗?

秋风来

山崖陡峭,风爬得吃力
野果坠地,是风的汗

若不是看见了山顶
一棵杏树
长满了仇人的名字
早就掉了头

再不去
绵羊的身上该落一层霜了

天凉如水

大片的,小角的
你喜欢要黄
不喜欢也要黄

大雁,队如项链
挂在天上,坠若泪珠
声声都是离别的曲
雾,绳子一样
勒住了村庄的脖子
一寸比一寸紧

柳叶黄,槐叶黄,榆叶黄
杏叶黄,梧桐叶黄,苹果叶黄
……他也走在发黄的队伍当中
居然被我看见了

风,刀子一样眼前比画
大树苗和小树苗挨在一起

瑟瑟发抖,像极了马寡妇
抱着,村东头那个留守儿童

秋天了
这蓬勃的万物奔赴刑场
张大爷、周大奶奶
李家爸、安家婶婶……
也纷纷出门,举手投降

事实上,没有那么简单

月光,把李家山
围困在喇嘛故堆

父亲用旱烟,雾一样
困住了母亲
烟熏火燎一辈子也不愿
离开,这叫手段

母亲用一缕炊烟
绳子一样,绑住了父亲
这叫心肠

为此,星只奔走
他们一生都走不出
李家山的那一片月光

事实上,没有那么简单

北京来信

信上说:
水珠落在了新芽上
鸟儿落在了树梢上
蜜蜂落在了花心上

信上也说:
儿时的梦
落在了枕头上
夜里,母亲的手
温存地抚摸过我的头
早晚天凉
出门多添一件衣裳

信上还说:
鸽子飞过了天安门
后海的荷花清香袭人
香山的红叶献出了身体里的火

幸福的一天

这一天,我在掰玉米棒
金黄色的光芒落了一地
这一天,我在果园里
听见苹果用体内的糖分歌唱
这一天,我在羊圈
羔羊像几朵白云酣睡
这一天,我在看书
每个字都有鸟雀的心跳
……

美好的事物都在这一天来临
净手退尘,出城远望
我看见天蓝得像海
两棵树肩并肩走向山顶

十月

风吹山冈,颗颗归仓
白杨上站着高高的颂扬
路边全是盛开的格桑
好似春天又来了北方

婴儿抱紧了乳房,悄悄生长
父亲的烟头上火种明亮
听见北方的消息,不肯关窗

我央求一片月光
把这寂静的村庄捧在手上
我央求一盏灯
和我一起醉倒在寂静的村庄

阳光被搓出了汁

雨天过后,阳光新鲜
她拽过一片,摁在床单上
反复搓揉,直到藏匿的
云和雾,变成黑色的汁液

挂上晾衣绳
风,漫不经心地吹
大片阳光被吹皱
吹成深浅不一的折影

风再大些,她会急忙扯平
像安抚一只梦中的猎豹

一片叶子

要赞美它坚强的内心
心疼它烈日下疲惫的爱情

"我是生下他的母亲
但是风抚育他成长"
要理解一棵树
作为母亲的百般愁肠
"我没有办法
让它长成另一种样子"

一片叶子,适宜山石开花
语言小睡。大多数时候
它遵从了风的旨意
禽鸣催问,才固执一望

看见头顶的云
它说:"如果爱我
请多给两天带雨的天气
让我和它们一起慢慢变黄"

一些石头爬出来

从草里爬出一些白石头
变成了羊,黄土砌成了墙

一群羊的眼里:青草是娘
一根鞭子替草深深地痛恨过

羊圈空旷,看见月光
几只母羊眼泪汪汪,一齐跪倒

遇一孕妇

她走在街道上
捧着下坠的腹部
风抚过,产下另一缕风
我想告诉她:
夜空将产下星辰

无意识看了看
枝头,看了看天
天空的蓝,淡了些
云朵,也略显拥挤

秋天,再一次生下果实
脚下,一些青草在根部
开始谋划春天的事
我想找个词表达一下
不知道字典里有吗?

雨天的小意思

好天气在南方
好男人睡懒觉
好女子出嫁了
好楼层让人占了

银行里钱最多
满大街的人傻瓜一样奔命
个个都是生活的人质
还好,孩子们在雨里
找回了自己的声音

好在这一天不算太长
一根头发断裂的速度
相当于一场白日梦被虫子叫醒
……

独坐城东,秋风迢递
看杯中,茶叶斗架

有些事情，适合细想一遍

雨停了，炊烟的呜咽开始了
小女子不炒菜，为何只瞅着锅？

摘下无名指的恨

树枝善良
鸟雀缩起利爪
石头善良
蜗牛以为爬上了西子湖

爱人取下戒指
卸下身体里的恨
她说:"对你的恨
只有无名指那么长。"

恨分三截
一截约等于一厘米
爱比恨长,看
绑在邻家小妹的辫子上

中街有柳

春天吐芽
芽是不谙世事的孩子
之后开花,花是絮
絮是翅膀

花后成荫,荫是垃圾台
搬运工、身藏病痛的人
还好,总有一个冬天
街道宽阔

像提起毛巾的一头,抖抖
扎眼的东西不见了
而我的悲伤
是一只飞不过中街的鸟

后记

曾经有很多梦想,许多都被现实的激流冲淡了,消失得无影无踪。

喜欢什么,不喜欢什么,不需要任何理由。那些消失的也不是我不喜欢,还在坚持的必定是让我难以割舍的。我很庆幸自己,把一件写诗的活坚持了这么多年,还乐此不疲!

于我,诗歌也便成了一种恩赐,成了一种日常习惯,也成了一种难以戒掉的瘾。

生活在一个小地方,眼前的日子简单而漫长,我有着大把的闲散时光无处安放,便写下了一些零碎的、结结巴巴的短句,并试图用它们打通生活与精神的通道。它们就像蒿草一样,从我的身体里长出来,过去是,将来也是。

时间已经把我捏成了中年的模样,我也不再只是一个冲动的诗歌发烧友,对生活多了一些感悟和成熟的认知。

五年时间里,我写故乡、写远方、写人情冷暖。但凡诉诸文字的,都是曾经在我的心里振荡过的。以时间为序,整理成册,要交付出去的时候,心里也是五味杂陈,像是一次告别时的语无伦次。更多是不知其命运的担忧。

心有繁花,就不觉得孤单寂寞,前行的脚步也便有了无穷的力量。感谢身边那些给我温暖的人,也感谢阳飏大哥,劳神费力为我的诗集作序。

　　书在你的手上,而我,这个诗歌的"小匠人"已在路上,并执拗地表达着。

陈宝全
2019 年 12 月 10 日于静宁